Jean-Claude Mourlevat

Jefferson

W0347892

Illustré par Antoine Ronzon

GALLIMARD JEUNESSE

© Éditions Gallimard Jeunesse, 2018, pour le texte et les illustrations
© Éditions Gallimard Jeunesse, 2021, pour la présente édition

À mes enfants, qui m'ont ouvert les yeux.

jcm

Note

Le pays où cette histoire commence est peuplé d'animaux qui marchent debout, parlent, peuvent emprunter des livres à la bibliothèque, être amoureux, envoyer des textos et aller chez le coiffeur. Le pays voisin est habité par les êtres humains, qui sont les plus intelligents des animaux.

1

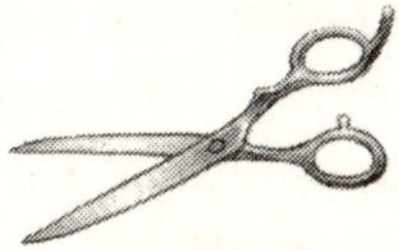

Le jeune hérisson Jefferson Bouchard de La Poterie acheva de ranger son logis en chantonnant des petits *pom… pompom… pompom…* à la façon des gens qui sont de très bonne humeur. Quand tout fut parfaitement en ordre, la balayette époussetée à la fenêtre et la pelle à ordures raccrochée à son clou, il programma son four afin que ses pommes de terre à la crème soient cuites à point pour son retour. Puis il enfila son veston, le boutonna au milieu, notant par la même occasion que cela faisait des plis dans le tissu à cause de son petit bedon qui poussait vers l'avant. Il faudrait qu'il freine un peu sur les gâteaux secs.

Il s'aspergea de parfum *Sous-bois*, laça dans l'entrée ses chaussures parfaitement cirées en posant tour à tour son pied droit puis son pied gauche sur le tabouret prévu pour cela, attacha son sac à dos sur ses épaules et sortit. Ce qui le mettait en joie ce matin-là était peu de chose : il avait décidé de se rendre chez son coiffeur. Ça lui avait sauté aux yeux alors qu'il faisait sa toilette : sa gracieuse houppette était en bataille. Or, il détestait avoir l'air négligé. Voilà : il irait en ville se faire rafraîchir la houppette !

Et il en profiterait pour rendre à la bibliothèque le livre emprunté la semaine précédente, un roman d'aventures qui s'appelait *Seul sur le fleuve*. L'action se déroulait sur le fleuve Orénoque et le héros, un jeune humain nommé Chuck, surmontait toutes les épreuves avec un courage indomptable. Solitude, faim, soif, moustiques, Indiens, pluies torrentielles, chaleur accablante, animaux sauvages, il venait à bout de tout.

Sa couverture bien tirée jusque sous le menton, sa tasse de tisane fumante sur la table de nuit, Jefferson se prenait pour Chuck et se surprenait parfois à serrer les poings et à écarquiller les yeux pendant sa lecture. En tout cas, le roman l'avait tenu éveillé deux nuits de suite jusqu'au matin. Il avait particulièrement adoré le passage où Chuck, perdu en forêt, cherche son chemin en appliquant la technique de l'étoile. On part au hasard dans une direction, on marche droit sur cinquante pas et si on ne trouve rien, on revient à son point de départ pour tenter sa chance ailleurs. Il avait aussi aimé le terrible passage où Chuck, affamé, décide de tuer son chien pour le manger et survivre, mais au dernier moment il a pitié, il éclate en sanglots et épargne la pauvre bête. En lisant ces pages, Jefferson avait dû passer la main sous son oreiller, y prendre son mouchoir et s'essuyer les yeux. Plus loin dans l'histoire, le chien sauvait la vie de Chuck, lui rendant ainsi la pareille. Jefferson, là encore, avait pleuré. C'est un des avantages qu'il y a à vivre seul : on peut chanter fort et faux, se promener tout nu, manger quand on en a envie et pleurer à son aise.

Le temps était radieux en ce matin d'automne. Jefferson ferma sa porte à clé, mit la clé dans la poche gauche de son pantalon, prit dans la poche droite son téléphone portable et envoya le message suivant :

Cher Gilbert, ne passe pas ce matin. Je suis en ville, je vais à Défini-Tif me faire rafraîchir la houppette. Je serai de retour vers midi. J'ai mis des pommes de terre au four. Si ça te dit... Ciao, mon pote !

Puis il s'en alla le cœur joyeux. Que demander de plus à la vie ? Il était doté d'une santé robuste, il avait un toit sur la tête, de la nourriture en abondance, un formidable ami en la personne de Gilbert, et il vivait dans le plus charmant des paysages, en bordure d'un bois de hêtres.

La ville était proche. Il suffisait de marcher quelques minutes en lisière, de suivre un chemin pentu bordé de groseilliers et déjà, on était sur la route départementale. Jefferson suivit cette route, virage après virage. Est-ce parce qu'il était encore en pensée avec Chuck sur les rives de l'Orénoque ? Ou bien au contraire parce qu'il s'imaginait déjà livré aux douces mains de Carole, la jeune employée du salon de coiffure qui lui ferait son shampoing avant la coupe ? Toujours est-il qu'il traversa en un endroit malcommode, juste après un virage serré.

La voiture, venant de la ville, déboucha à plus de 120 kilomètres heure. Jefferson eut le temps de distinguer deux personnes à bord. Le chauffeur était un grand humain très maigre et à la tête rasée. Il semblait s'être plié dans l'habitacle pour parvenir à y caser sa longue carcasse. Le passager, un humain aussi, bien plus massif, était coiffé d'un bonnet et avait le coude à la portière. Le chauffeur écrasa la pédale de frein et fit hurler les pneus sur le macadam. Jefferson poussa un terrible couinement, se jeta en arrière et tomba à la renverse dans le fossé. Le quatre-quatre fit une embardée et le passager aboya par la vitre ouverte quelque chose qui commençait par « espèce de », continuait par « hérisson » et se terminait par… un qualificatif impossible à rapporter ici.

– Toi-même ! répliqua Jefferson dans sa barbe.

Il regarda le véhicule accélérer et disparaître. Il se releva, arrangea ses vêtements, considéra ses fesses trempées et se demanda s'il ne ferait pas mieux de rentrer chez lui pour se changer. Après un temps d'hésitation, il décida qu'il avait la flemme de revenir sur ses pas. *Ça séchera sur la bête !* se dit-il. Et il passerait à la bibliothèque en premier. Ainsi, il pourrait se présenter sec devant Carole, qu'elle n'aille pas penser… je ne sais quoi. Tout à ses réflexions, il nota avec déplaisir que les battements de son cœur tardaient à ralentir. L'incident l'avait bien secoué. À quelques centimètres près, c'était *goodbye hérisson* ! Ainsi allait la vie : on se sent léger, joyeux, insouciant et en cinq secondes, tout bascule. *Le bonheur est bien fragile*, pensa-t-il, et il s'efforça de penser à autre chose.

Arrivé en ville, il n'était pas loin d'avoir retrouvé son entrain et c'est en sifflotant qu'il remonta la rue principale avant de bifurquer sur la gauche à la fontaine. À la bibliothèque municipale, tout le monde le connaissait bien et le personnel lui adressa plusieurs joyeux : « Bonjour Jefferson ! »

– Avez-vous apprécié ? demanda la bibliothécaire, une gentille cane aux lunettes en forme de cœur, quand il déposa *Seul sur le fleuve* sur la table de réception.

Il se rappela que c'était elle qui le lui avait recommandé.

– Apprécié ? Non ! commença-t-il.

Puis, comme elle changeait de tête et qu'il n'avait pas envie de la taquiner plus longtemps, il reprit :

– Je ne l'ai pas apprécié, je l'ai a-do-ré. D'ailleurs, je vous remercie du conseil et je recommanderai ce livre à mon ami Gilbert.

– Oh, monsieur Jefferson, dit la bibliothécaire en rosissant, vous m'avez fait peur. Mais cela m'étonnait aussi, j'étais certaine que les aventures de Chuck vous emballeraient. Si vous le désirez, vous pouvez reprendre le roman dès maintenant, comme ça vous le remettrez en mains propres à votre ami.

Il remercia, fureta encore un moment dans les rayons avant de s'asseoir, mine de rien, sur un coin de radiateur pour feuilleter des magazines. Une demi-heure plus tard, il quittait la bibliothèque, *Seul sur le fleuve* toujours dans son sac à dos, et les fesses quasi sèches.

Le salon de coiffure *Défini-Tif* se trouvait tout au bout de la même rue. C'était une modeste boutique à l'ancienne, dans laquelle on ne pouvait pas accueillir plus de trois clients à la fois. Edgar, le patron, était un blaireau placide et débonnaire qui possédait aux yeux de Jefferson, ou plutôt à ses oreilles, une qualité rare et inestimable chez un coiffeur : il était capable de vous couper les cheveux en silence.

Ainsi Jefferson se rendait-il à *Défini-Tif* depuis des années, certain par avance de ne pas être saoulé de paroles. Il arrangea son veston, bomba le torse, fit un bref exercice de respiration profonde et se racla la gorge. Et s'il invitait Carole à boire un verre après son travail ? Très bonne idée, ça. Excellente idée même. Il profiterait d'un instant où M. Edgar serait au téléphone par exemple et il se lancerait : « Dites-moi, Carole, à quelle heure finissez-vous ? Oui, parce que je me disais, enfin je me disais comme ça, en moi-même pour ainsi dire… que peut-être… »

Elle était la nièce de M. Edgar, et celui-ci, vieillissant, l'avait embauchée pour qu'elle le seconde. Jefferson adorait qu'elle le shampouine, qu'elle lui frictionne la tête de ses doigts souples. Il adorait qu'elle lui demande si l'eau était trop chaude ou trop froide. Quelle que soit la température, d'ailleurs, il répondait que c'était parfait. Elle aurait pu le glacer ou l'ébouillanter sans qu'il y trouve à redire. Bien installé sur le rehausseur indispensable compte tenu de sa petite taille, il fermait les yeux, ravi, et s'imaginait qu'elle était sa fiancée. Parce que vivre seul, comme on l'a vu, présente certes bien des avantages, mais parfois justement, on se sent… un peu seul.

Quelle surprise, en actionnant la poignée de la porte, de ne pas pouvoir ouvrir, alors que l'enseigne *Défini-Tif* clignotait au-dessus et que le volet métallique était levé. Il essaya d'apercevoir quelque chose derrière les rideaux. Le salon était éclairé. Une chèvre d'un âge respectable dormait sous son casque à permanente, la tête coiffée d'un bonnet en plastique. Tout avait l'air en ordre, sauf que le coiffeur, M. Edgar, était invisible, de même que Carole. Jefferson tapota la vitre du doigt et attendit. Il recommença un peu plus fort, en vain et, se rappelant qu'une fenêtre donnait sur l'arrière, il se décida à contourner le bâtiment.

Les deux battants de la fenêtre étaient ouverts, mais entrer par là aurait constitué un délit, or Jefferson ne détestait rien tant que se mettre hors la loi. Depuis toujours il s'efforçait d'être irréprochable, un peu par conscience citoyenne mais surtout, il faut bien le dire, pour qu'on lui fiche la paix. C'est pourquoi il revint à l'entrée, tapa de nouveau à la vitre et, comme rien ne bougeait, il se résigna à partir.

Le remords l'empêcha d'aller bien loin. Et s'il était

arrivé quelque chose… Et si Carole était en danger ! L'idée qu'il pourrait se distinguer d'une façon ou d'une autre aux yeux de la jeune fille blaireau lui fit accomplir un brusque et irrésistible demi-tour. Deux minutes plus tard, il était de nouveau sous la fenêtre ouverte, à l'arrière de la maison.

– Monsieur Edgar ! Mademoiselle Carole ! appela-t-il, et comme personne ne daignait répondre, il prit son courage à deux mains et se hissa à l'intérieur, au risque de faire un accroc à son veston.

Il se retrouva dans un bureau encombré d'un empilement de divers flacons, boîtes, mousses, shampoings et autres lotions capillaires. Le seul son qui lui parvenait du salon voisin était celui de la radio locale. Une voix précipitée demandait aux auditeurs de faire d'urgence un numéro payant, grâce à quoi, avec beaucoup de chance, ils ne gagneraient rien du tout. Il s'avança lentement et appela encore :

– Monsieur Edgar ? Mademoiselle Carole ? C'est Jefferson. Je me suis permis…

La chèvre dormait ferme sous son casque, la bouche entrouverte sur un dentier impeccable, un mince filet de salive descendait au ralenti sur son menton. Elle semblait flotter dans une douce béatitude. Peut-être rêvait-elle de ses arrière-petits-biquets.

Jefferson contourna le premier fauteuil tournant qui était vide de tout occupant et ce qu'il vit d'abord, ce furent les deux chaussures crème de M. Edgar, pointées vers le plafond. Elles étaient impossibles à confondre : deux chaussures professionnelles dont le brave homme se vantait quotidiennement qu'il s'y sentait *comme dans des pantoufles*. Un pas de plus et Jefferson découvrit les deux jambes parallèles alignées sur le sol, puis le tablier blanc soigneusement boutonné jusqu'en bas, puis, en remontant, la paire de grands ciseaux dont l'une des branches était enfoncée jusqu'à la garde dans le torse de M. Edgar.

Le sang dessinait sur le tissu du tablier une large tache rouge dont la forme rappelait la carte de Madagascar. Ironie du sort, le mot *Défini-Tif* était brodé juste au-dessus. Jamais le salon de coiffure n'avait aussi bien porté son nom.

M. Edgar semblait dormir comme sa cliente, mais lui ne rêvait à aucun biquet, il ne rêvait plus à rien du tout, il était mort.

Jusqu'à ce jour, la vie avait heureusement préservé Jefferson. Il n'avait jamais été confronté à une émotion aussi forte, si bien que sa réaction fut spectaculaire. Il commença par suffoquer, puis il émit un bruit étrange qui faisait à peu près :

– *Rôôôhahhrg……rôôôôhuhhrg !* qu'on pourrait traduire en bon français par : « Fichtre ! Voilà un spectacle tout à fait étonnant ! »

Il continua par :

– *Breu-eu-eu-eu ikk frêêêhhhhhhh !* qui signifiait à peu près : « Il semblerait que cette personne ne soit pas décédée d'une mort naturelle. Selon moi, il s'agirait même bel et bien d'un meurtre. »

Et il conclut par un long et plaintif :

– *Grââââââââhhhhh !* dont le sens approximatif était : « On a beau dire, ça fait quelque chose de voir ça ! »

Puis il fit ce qu'il n'aurait jamais dû faire : il s'agenouilla près du corps, murmura : « Attendez, monsieur Edgar, je vais vous enlever ça… », prit les ciseaux dans sa main droite et les arracha de la blessure en s'étonnant de la résistance opposée. On croit qu'une lame enfoncée dans un corps se retire comme d'une motte de beurre, c'est faux : ça adhère !

C'est le moment que la chèvre endormie choisit pour émerger de son doux rêve et ce qu'elle vit – c'est-à-dire le corps de M. Edgar au sol et près de lui le criminel, l'arme à la main – ne lui laissa pas l'ombre d'un doute. Elle ouvrit une bouche démesurée et poussa un cri si aigu que le petit miroir à nuque se fendit :

– Hiiiiiiiiiiiii ! À l'aide ! Hiiiiiiiiiiiii ! À l'assassin !

Jefferson lâcha les ciseaux.

– Mais non, madame, ce n'est pas moi ! Je suis entré et j'ai…

Elle ne le laissa pas continuer et s'égosilla de plus belle. La luette en vibrait au fond de sa gorge.

– Il a tué M. Edgar ! Il va me tuer aussi ! Hiiiiiiiiiiiiiii !

Jefferson joignit les mains.

– Mais non, madame, je vous jure…

Elle arracha le casque, le bonnet, découvrant ses cheveux mauves et son crâne couvert de bigoudis.

Puis elle courut à la porte et s'acharna sur la poignée sans pouvoir ouvrir. Alors elle n'hésita pas. La certitude d'être prise au piège dans une pièce exiguë en compagnie d'un assassin décupla son énergie. Elle prit deux mètres d'élan et se rua, l'épaule en avant, comme un rugbyman professionnel. La porte se brisa au premier assaut, la chèvre chuta à quatre pattes sur le trottoir, se redressa comme si elle était montée sur ressorts et repartit aussi vite que le lui permettaient ses courtes jambes. Elle ne cessait de hurler :

– C'est lui ! C'est luiiiiiiiiiiiiiiiiiiiiiiiiiiiiiiiii ! en pointant un index accusateur sur Jefferson qui se tenait sur le seuil et bredouillait de misérables petits : « Mais non, ce n'est pas moi ! » bien trop faibles pour concurrencer la puissance sonore de la chèvre.

Quand il vit qu'elle avait déjà réussi à alerter deux jeunes boucs et que ceux-ci se dirigeaient vers lui, d'abord en trottant, puis en courant, il obéit au plus vieux réflexe du monde : la fuite. Autant dire qu'il décampa, qu'il déguerpit, qu'il détala, appelons cela comme on veut. Jamais de sa vie il n'avait sprinté de cette façon. Il sentait sous lui ses jambes s'activer comme les bielles d'une voiture bolide. La peur lui donnait des ailes, et d'ailleurs il eut vraiment l'impression de voler en franchissant d'un bond un panneau TRAVAUX puis un trou d'au moins trois mètres de large. Ses poursuivants durent en faire le tour, ce qui lui donna une avance décisive. L'un des deux hurla : « Arrête, Jefferson ! », mais il continua sans décélérer, obliquant à angle droit à chaque coin de rue pour mieux les perdre.

L'instinct, combiné, il faut bien le dire, avec un sacré coup de bol, le conduisit jusqu'à un terrain vague où il put enfin ralentir, à l'abri des regards. Il alla se terrer contre une palissade envahie d'orties et de ronces, le cœur prêt à exploser, les poumons en feu. Il se rendit compte que, pendant toute sa fuite, il n'avait pas arrêté de bredouiller : « C'est pas moi, c'est pas moi »... Il se tut, attendit quelques minutes et quand il eut tout à fait repris son souffle, il répéta :

– C'est pas moi.

Puis il remarqua que son pantalon était à nouveau mouillé, et cette fois ce n'était pas l'eau du fossé. L'incident avait dû se produire au moment où il avait découvert le corps. Il faut comprendre : le choc, l'émotion. Il faillit se mettre à pleurer de honte. Qu'aurait fait Chuck dans cette situation ? À peine s'était-il posé la question que la réponse tombait : Chuck ne se serait pas mis dans cette situation.

2

Jefferson hasarda un œil par un trou de la palissade et vit que la campagne était là, toute proche. Pas question de marcher à découvert sur la route. Il lui suffirait d'atteindre ce massif de noisetiers, là, par exemple, et il couperait ensuite à travers champs, puis par le bois. Une fois chez lui, il aviserait. L'urgence était de se mettre à l'abri pour réfléchir. Il s'encouragea d'un tonique : « Allez, hérisson, courage ! » et se glissa entre deux planches.

Moins de vingt minutes plus tard, il distinguait déjà l'arrière de sa maison au bout du sentier forestier quand son portable vibra dans sa poche. La bouille réjouie du cochon Gilbert s'afficha sur l'écran, puis le texto :

Salut gros... je sait pas où tu est... mais je te conseille de pas rentré chez toi...

Jefferson, qui lisait en marchant, s'arrêta net et tapota :

Mais j'y suis presque, chez moi... j'arrive juste...

La réponse ne se fit pas attendre :

Alors surtout t'approche pas ! Fait demi-tour, va te planqué dans le bois et atend de mes nouv...

Jefferson ignorait pourquoi Gilbert n'avait pas eu le temps d'aller au bout de sa phrase, mais le message était clair : il valait mieux ne pas traîner dans les parages. Il tourna donc les talons et reprit le sentier par lequel il était venu. Ne pas pouvoir rentrer chez soi parce que c'est dangereux est une expérience très angoissante à vivre, car où trouver en principe meilleur refuge que chez soi ? Qu'est-ce qui pouvait bien le menacer dans sa propre maison ? Les gendarmes, déjà ? Il gémit quelques « oh non oh non » désespérés et marcha lentement, prêt à sauter dans les broussailles à la première rencontre.

La journée avait pourtant si bien commencé. Et voilà qu'elle tournait au cauchemar. D'abord, cette horreur au salon de coiffure, le gentil M. Edgar avec ses propres ciseaux plantés dans la poitrine, Carole disparue et, le comble : cette gourde de chèvre qui ne lui avait même pas laissé deux secondes pour s'expliquer. Il était le coupable désigné, évident, indiscutable, et sa fuite l'accusait. La chèvre l'avait vu de ses yeux, elle l'avait vu l'arme à la main, et d'ailleurs, la police criminelle aurait vite fait de relever les empreintes digitales sur les ciseaux et de constater qu'elles étaient bien les siennes. Dès le lendemain, sa photo serait à la une de *La Trompette*, associée à un titre énorme et bien racoleur : *CRIMINEL !* L'article serait à la hauteur :

Le hérisson Jefferson Bouchard de La Poterie a assassiné le très estimé blaireau M. Edgar sur le lieu même de son travail, le salon de coiffure Défini-Tif. *Le motif de cet acte barbare est inconnu. Le criminel a pris la fuite.*

Il en était là de ce constat accablant quand son téléphone portable vibra de nouveau. Gilbert ! Si un réconfort pouvait venir de quelque part, ce serait forcément de lui. Ils étaient amis depuis l'enfance, comme des frères, davantage que des frères même, puisqu'ils s'étaient choisis.

Le message disait :

Salut gros... comme promis des nouvelles : rv vers 13 h au calvaire, d'accord ?

Jefferson, qui était sous tension depuis plus de deux heures, en éprouva un soulagement mêlé d'émotion. Ah, ce brave Gilbert, on pouvait compter sur lui ! Il répondit aussitôt :

D'ac et ajouta :

Ah oui, trois choses : 1) apporte-moi un pantalon de rechange 2) ne me demande pas pourquoi 3) ne demande pas pourquoi il ne faut pas demander pourquoi.

Puis il accéléra le pas. Le calvaire se trouvait à l'intersection de deux chemins, à quelques minutes de là.

Mais tandis qu'il allait ainsi, un peu revigoré, il lui vint un doute. Ce fut d'abord un tout petit signal d'alerte, un à peine perceptible *tut tut*... Quelque chose clochait dans ce texto de Gilbert. Il s'arrêta, le relut avec attention. Le « Salut gros » était habituel et crédible, mais la suite le dérangeait. Gilbert n'aurait sûrement pas écrit « 13 h » mais plutôt « 1 h ». Et ce « d'accord » final ne lui ressemblait pas non plus. Il aurait écrit « d'ac » ou bien « OK ». Bizarre…

Dans le doute, Jefferson décida de jouer fin. Si le portable de Gilbert était dans des mains étrangères, celles des gendarmes par exemple, il fallait en avoir le cœur net. Il tapa :

Le calvaire ? Tu veux bien dire là où on a enterré des billes quand on était petits ?

La réponse arriva moins de trente secondes plus tard :

Oui, là où on les a enterrées. À tout' !

Alors la petite alerte se changea aussitôt en une alarme étourdissante, avec sirène intégrée. D'une part, parce que jamais Jefferson n'avait enterré aucune bille à cet endroit avec Gilbert – il venait d'inventer ce faux souvenir –, et d'autre part, à cause de la loi des probabilités. On peut admettre en effet les événements les plus improbables : que la même personne gagne trois fois de suite au Loto, ou que le pape se mette à la corde à sauter, mais il y avait une chose parfaitement impossible, c'est que le cochon Gilbert accorde sans faute un participe passé après l'auxiliaire avoir ! Son orthographe était affligeante et ce « enterrées » tout à fait correct, avec le *e* du féminin et le *s* du pluriel, était hors de sa portée. Quant à ce misérable

« à tout' ! » destiné à faire jeune, il ne trompait personne : Gilbert n'avait pas écrit ce message !

Jefferson, effrayé par cette découverte (mais assez fier de l'avoir faite !), décida de poursuivre sa route jusqu'au calvaire. On verrait bien qui serait là-bas. En attendant, plus question d'envoyer le moindre texto sous peine d'être localisé immédiatement. Tant de malfaiteurs avaient été repérés ainsi. Autant s'habiller en vert fluo, prendre un mégaphone et crier : « Je suis là, je suis là ! »

Quand il fut à un jet de pierre du calvaire, il quitta le chemin et se faufila, furtif et silencieux, entre les hautes fougères.

Le bleu nuit des uniformes tranchait sur le vert de la végétation et Jefferson repéra à temps les dos immobiles des deux gendarmes à l'affût. Deux grands chiens danois bien sûr, puisque la brigade était composée presque exclusivement de cette espèce. Matraque et menottes pendouillaient à leur ceinture. Il ne s'était pas trompé, le texto était bel et bien un piège. Un piège qu'il avait déjoué magistralement. Il se déporta vers la droite et débusqua un autre gendarme planqué derrière un arbre mort, puis un autre encore. À combien s'y étaient-ils mis, ces athlètes baraqués, pour venir le capturer, lui qui mesurait 72 centimètres talonnettes comprises, et qui était innocent en plus ?

S'ils avaient placé Gilbert comme appât au pied du calvaire, il n'irait pas se jeter dans la gueule du loup pour le vérifier. Mais s'ils l'avaient laissé libre de ses mouvements, où le rejoindre maintenant ?

Jefferson avait sa petite idée là-dessus. Et avec un peu de chance, Gilbert aurait la même. Tous deux avaient construit une cabane en branches dans un coin reculé du bois. Cela remontait à sept ou huit ans. Jefferson n'était encore qu'un jeune hérissonneau à peine sec derrière les oreilles, et Gilbert un tout jeune porcelet immature, mais ils avaient travaillé avec constance à leur cabane pendant plusieurs mois, y mettant tout leur cœur. Elle était devenue leur refuge, leur cachette secrète. Ils y avaient toussé leur première cigarette, ils s'y étaient rendus malades en buvant du whisky premier prix, ils s'y étaient encanaillés en écoutant du rap-sanglier (le meilleur). Ils y avaient dormi, mangé, piqué des fous rires et refait le monde. S'il existait quelque part une cachette où ils avaient un rendez-vous éternel en cas de coup dur, sans même avoir besoin de se le dire, ce n'était pas au pied du calvaire – ha ha ha ! laissez-moi rire –, mais là : dans leur cabane !

Jefferson n'eut aucun mal à la retrouver, car ses jambes y allaient encore toutes seules, par la seule force de l'habitude, mais il eut un choc en la découvrant. Le toit s'était affaissé, les côtés ne tenaient plus, les ronces avaient envahi l'intérieur. Et le pire : Gilbert n'était pas là. Jefferson consulta son portable : il était 14 h 15. Il s'aperçut qu'il crevait de faim et de soif. Il s'assit sur une souche et se sentit assez misérable.

Je n'aurais jamais dû fuir, se dit-il, *j'aurais dû plaquer au sol cette chèvre hystérique avant qu'elle enfonce la porte et appeler moi-même les gendarmes. Je vais me rendre, voilà, je vais me rendre et leur expliquer ce qui s'est vraiment passé.* Il commença à élaborer son discours, à voix haute et en y mettant toute la conviction dont il était capable :

– J'ai d'abord vu les pieds de M. Edgar, vous comprenez, je me suis un peu avancé… je me suis agenouillé et… cette dame chèvre dormait, elle n'a rien vu… je ne lui en veux pas, vous savez, elle a cru en toute bonne foi que… mais je vous jure… pourquoi aurais-je fait ça ?… J'adorais M. Edgar… il m'a toujours…

Il argumentait ainsi en désordre et dans le vide quand un bruissement lui parvint depuis le fourré voisin. Il se jeta à plat ventre. Trois petites notes sifflées, brèves et hautes, *fu fou fui*… le rassurèrent. Il répondit de la même façon : *fu fou fui*… Leur code secret. Gilbert !

Gilbert était plus grand que Jefferson, c'est-à-dire petit. Ce qui frappait en premier dans sa personne, c'était son incroyable trogne épanouie de cochon heureux. Jefferson se disait souvent qu'il n'avait jamais vu quelqu'un d'aussi doué pour le bonheur. Une sorte de champion olympique de la bonne humeur, un champion qui n'aurait même pas besoin de s'entraîner parce que c'était sa nature.

– C'est quoi ce bazar ? rigola-t-il. Je me suis fait cueillir par trois gendarmes en planque devant chez toi, tout à l'heure. Ils m'ont demandé qui j'étais et quand je leur ai dit…

– Attends, l'interrompit Jefferson. Je vais tout te raconter. Donne-moi ça d'abord.

– Ah, oui. Tiens. C'est un des miens. Les jambes te seront un peu longues, mais tu n'auras qu'à retrousser le bas. Note que je ne te demande rien, et que je n'ai même pas de petit sourire en coin, hein. Regarde, est-ce que j'ai un petit sourire en coin ? Non.

Il tint son sérieux trois secondes avant d'éclater d'un grand rire. Jefferson haussa les épaules.

– J'ai eu ton message, ce matin, mais je ne risquais pas d'aller te voir, j'étais à fond sur mon Code, reprit Gilbert en tendant le pantalon qu'il tenait enroulé sous son bras, et il se retourna pudiquement pour laisser Jefferson se changer. Est-ce que tu sais que sur un rond-point, tu dois obligatoirement rester sur la voie de droite si tu as l'intention de… ?

Jefferson se rappela que son ami, après des années de bus ratés, de scooter en panne et de marche à pied, s'était mis dans la caboche de passer son permis de conduire, entreprise audacieuse car il était d'une grande maladresse et qu'on l'imaginait difficilement au volant d'autre chose que d'une auto-tamponneuse.

– Pardon, Gilbert, l'interrompit-il, mais je ne suis pas très rond-point, là… Les gendarmes t'ont pris ton portable, c'est ça ?

– Oui, je leur ai dit que j'étais ton ami, alors tu penses, dès qu'ils m'ont vu taper le texto, ils me l'ont confisqué, les vaches ! Mais ils me l'ont rendu illico pour que je te donne rendez-vous. Ils m'ont obligé. Seulement moi, pas bête, j'ai compris ton astuce avec les billes et en plus, j'ai fait exprès une énorme faute d'orthographe, pour t'alerter.

– À « enterrées » ?

– Oui, c'est ça. Ah ah ah, je l'ai écrit carrément au hasard. Bon, qu'est-ce qu'ils te veulent ?

Devant l'énormité de ce qu'il s'apprêtait à dire, Jefferson hésita. Il acheva de boutonner le pantalon, jeta l'autre à l'écart derrière un buisson et entraîna son ami vers un tronc d'arbre moussu, l'invitant à s'asseoir à côté de lui.

– Gilbert, je… je suis accusé de meurtre.

Comme il venait de s'y entraîner, il n'eut pas trop de mal à raconter le terrible enchaînement qui l'avait amené jusqu'au corps sans vie de M. Edgar. Il éclata en sanglots en évoquant les ciseaux plantés dans le cœur du brave homme.

– Ah oui, quand même…, commenta Gilbert, un blairicide…

Jefferson continua par le récit de sa fuite éperdue et il conclut en soufflant dans son mouchoir :

– Je vais me rendre. Viens avec moi, je vais me rendre.

Gilbert l'avait écouté sans rire, pour une fois. Mais dans le silence qui suivit, il secoua lentement la tête de droite à gauche, un sourire béat sur les lèvres, comme émerveillé, puis il laissa échapper un surprenant et très inattendu :

– Gé-nial !

– Quoi, génial ?

– Ben, c'est génial, non ? Passionnant ! Tu te rends compte ! Ça fait des années qu'on rêve qu'il nous arrive un truc extraordinaire, des années qu'on s'invente des aventures à la noix, qu'on fait semblant, quoi. Et là, ça y est ! On y est en vrai !

Jefferson n'avait pas vraiment considéré sa situation sous cet angle.

– Mais tu es dingue ou quoi ? gémit-il. Tu te rends pas compte ! Je vais être pendu, guillotiné, fusillé. Peut-être les trois à la fois !

– Arrête, Jeff. As-tu oublié que la peine de mort était abolie ? Au plus, tu prendras trente ans. C'est vite passé. Je t'attendrai à ta sortie de prison avec un bouquet de fleurs de pissenlit et un déambulateur.

– Gilbert, j'ai pas envie de rire.

– D'accord. On ne rit plus. Mais il ne faut pas te rendre.

– Pourquoi pas ?

– Parce que, entre la parole de cette respectable chèvre et la tienne, petit hérisson de mon cœur, ils n'hésiteront pas. Moi, je vois qu'une solution.

– Laquelle ?

– Il faut te planquer et attendre de voir comment l'enquête évolue. On va retaper un peu la cabane et tu vas dormir ici. Ce soir, je t'apporterai une couverture et de quoi manger. Allez, au boulot !

Sans attendre de réponse, il entreprit de redresser

les branches maîtresses de la construction. Il ne cessait de lâcher de petits « gé-nial ! » et Jefferson n'eut pas d'autre choix que de l'accompagner dans sa tâche.

Quand la structure fut à peu près rétablie, ils dégagèrent les ronces, jetèrent des brassées de fougères sur le toit et dressèrent quatre murs de branches feuillues sur les côtés.

– Et voilà, monsieur Jefferson ! Comme au bon vieux temps ! Cache-toi dedans et attends-moi. Je serai de retour avant la nuit. Tiens, je te laisse ma veste au cas où j'aurais un empêchement et que ça caillerait. On oublie le portable, bien sûr. Et t'en fais pas, hein, on prouvera ton innocence.

Il fit une vingtaine de mètres et se retourna pour ajouter, toujours souriant :

– Ah oui, je suis triste pour M. Edgar. C'était un brave type, non ?

Jefferson ne douta pas de sa sincérité. Il le connaissait assez pour savoir que chez Gilbert, la tristesse prenait parfois d'étranges déguisements.

Il occupa son après-midi comme il put. Il lava son pantalon dans un ruisseau et le mit à sécher sur un rocher. Il améliora le confort de la cabane en traînant à l'intérieur la souche qui lui avait servi de siège, puis il aménagea un lit précaire fait de mousse et de feuilles. Mais la nuit tomba sur le bois sans que Gilbert ne repointe le bout de son groin et il dut se résigner à se pelotonner sur sa couche de fortune, enveloppé dans la veste protectrice de son ami et se demandant ce qui allait advenir de lui. Il s'endormit au milieu de pensées confuses où se mélangeaient des ciseaux rouges de sang et un plat de pommes de terre au four abandonnées.

3

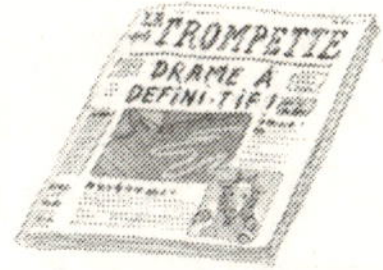

Au petit matin, la fraîcheur le réveilla affamé et grelottant. Il lui fallut quelques secondes pour comprendre où il se trouvait et pour quelle raison. Son estomac se contracta aussitôt en une boule très dure. Il était un criminel recherché par les gendarmes. Lui dont le plus grand délit était d'avoir chapardé trois caramels mous à l'épicerie de son village alors qu'il n'était encore qu'un jeune choupisson ! C'était à devenir fou. Il se dit à nouveau que le mieux était de se rendre. Dès que Gilbert reviendrait, ils iraient ensemble à la gendarmerie et il se livrerait.

En attendant, il partit en quête de quelques baies qui pourraient calmer sa faim, mais ne cueillit rien d'autre que trois myrtilles ratatinées, tout juste bonnes à lui tacher les doigts. Il s'aventura jusqu'au ruisseau pour boire un peu d'eau et se débarbouiller le museau. Revenu à la cabane, il fouilla son sac et eut la bonne surprise d'y trouver *Seul sur le fleuve* qu'il avait oublié de remettre à Gilbert, la veille.

Il le feuilleta, par désœuvrement, et tomba sur le passage dans lequel Chuck se réveille avec, sous sa chemise, une mygale de vingt centimètres posée sur sa poitrine. Il est pétrifié d'épouvante, ne bouge pas et lui parle doucement : « S'il te plaît, mygale, s'il te plaît, ne me fais pas de mal. » Après une heure d'angoisse, il comprend qu'elle dort, qu'elle est au chaud contre lui, qu'elle s'y sent bien. Il la déplace millimètre par millimètre pour ne pas la réveiller et, quand il en est débarrassé, il court comme un fou dans tous les sens et crie son bonheur d'être encore vivant. Lire ce passage redonna du courage à Jefferson. Après tout, il n'avait pas de mygale endormie sur lui, enfin pas pour l'instant.

Gilbert apparut juste comme le premier rayon de soleil filtrait à travers les branches de hêtre. Il trottait vers la cabane, un sac de voyage en bandoulière sur l'épaule et brandissant un exemplaire de *La Trompette* dans sa main droite.

– Jeff, Jeff ! Tu es célèbre !

Jefferson lui arracha le journal et le déplia, persuadé d'y trouver son portrait à la une, mais il n'en était rien. La photo ne montrait que le salon de coiffure avec l'emplacement du corps de M. Edgar tracé à la craie sur le sol. Un titre énorme barrait tout le haut de la page : DRAME À DÉFINI-TIF. Le seul visage qu'on pouvait découvrir dans un encadré était celui de la chèvre, débarrassée de ses bigoudis mais les traits ravagés par l'émotion et avec quatre microphones tendus sous sa barbichette.

– Tu veux lire d'abord ou manger ? Je t'ai apporté trois pains au chocolat, trois croissants aux amandes et trois bananes. J'ai essayé de faire équilibré. Et j'ai même une Thermos avec du chocolat chaud, bien sucré ! Ça te va ?

Jefferson, qui n'avait plus rien avalé depuis vingt-quatre heures, se sentit défaillir à l'énoncé du menu.

– Donne et lis-moi l'article pendant que je mangerai, s'il te plaît.

Ils s'assirent sur le même tronc d'arbre que la veille et Gilbert déballa les viennoiseries quelque peu écrabouillées dans leur petit sac en papier de boulangerie. Jefferson se jeta avec voracité sur un pain au chocolat, au prétexte que peler une banane lui prendrait trop de temps.

– Bon, je te lis, commença Gilbert :

Hier matin vers 10 heures, la gendarmerie de notre ville a été alertée par Mme Kristiansen, *chèvre, concernant un grave événement survenu au salon de coiffure* Défini-Tif *situé rue Tupinerie. Arrivés sur les lieux, les gendarmes, chiens, n'ont pu que constater la mort du coiffeur* M. Edgar, *blaireau. Il aurait été poignardé au moyen de ciseaux abandonnés sur place par l'assassin. Il s'agirait selon* Mme Kristiansen *(voir ci-dessous), du jeune* J. B, *hérisson, qui aurait pris la fuite une fois son forfait accompli.*

– Et qu'est-ce qu'elle dit, cette dame ?

– Attends, j'y viens. Alors… oui, elle dit : *J'ai eu la peur de ma vie. Je l'ai vu frapper M. Edgar avec les ciseaux. Au moins cinq fois. J'ai crié de toutes mes forces, alors il m'a fixée en ricanant et j'ai compris qu'il allait m'attaquer aussi. J'ai réussi à m'enfuir mais j'en tremble encore. Cet individu…*

– Mais elle bêle n'importe quoi ! s'étrangla Jefferson en recrachant une gorgée de cacao. C'est un pur mensonge. Elle n'a pas le droit !

– Je ne sais pas si elle a le droit, répondit Gilbert, mais les lecteurs seront disposés à la croire. La boulangère rappelle à tous ses clients ce tueur en série qui a assassiné plusieurs personnes. Comment il s'appelait déjà ?

– Alex Vrahil ? Mais c'était au XIXe siècle ! Et il était fou à lier !

– Oui, complètement branque, tu peux le dire, il signait ses crimes en écrivant son nom avec les intestins de ses victimes. Mais n'empêche, c'était un hérisson, désolé, Jeff. Et les gens sont comme ça. Ils vont dire que c'est dans la peau. Autre chose, mon camarade, et ça va te dépointer les piquants, je te l'annonce par avance : cette Mme Kristiansen est l'épouse du juge Kristiansen, tu sais, ce bouc qui a la main légère avec les bêtes à cornes et lourde avec les autres. Et j'ai beau regarder, des cornes, t'en as pas…

– Oh non, pleurnicha Jefferson en mordant dans son deuxième croissant.

Le projet de se rendre lui paraissait maintenant beaucoup moins raisonnable. Il n'aurait aucune chance de faire valoir sa version des faits. Gilbert devina sa pensée.

– Écoute, hérisson, j'ai bien réfléchi et mon idée, la voilà : la seule et unique façon de t'innocenter, c'est d'arrêter nous-mêmes l'assassin et de le livrer clé en main aux gendarmes. T'en penses quoi ?

– Mais Gilbert, on n'est pas détectives ! Et en plus, je ne peux me montrer nulle part. D'ici demain, ils vont afficher mon portrait partout en ville avec WANTED dessus. Tiens, j'ai plus faim du coup, ajouta-t-il en jetant par-dessus son épaule la peau de sa troisième banane.

– Ça tombe bien, commenta Gilbert, vu que tu as tout mangé ! Bon, ne te décourage pas. Il y a tout de même une bonne nouvelle en pages intérieures : figure-toi que Carole était absente du salon hier matin. Elle a une laryngite et elle avait pris sa journée. Sa maladie lui a peut-être sauvé la vie.

Jefferson se contenta d'approuver mollement. Il ne tenait pas à exposer au grand jour sa profonde affection pour la jeune blairette, même à son meilleur ami. Mais la savoir hors de danger lui procura un réel soulagement. C'est sans doute pourquoi il ne rejeta pas d'emblée cette idée folle : mener eux-mêmes l'enquête.

– Bien sûr que tu ne peux pas te montrer comme ça en ville, reprit Gilbert, mais j'ai pensé à tout. Attention, roulement de tambour : tu vas te déguiser.

– Me déguiser ! Ça va pas ! En quoi veux-tu que je me déguise ? Tu me vois en mouton, en pintade, en libellule ?

– En rien de tout ça. En ta sœur.

– Pardon ?

Pour toute réponse, Gilbert ouvrit le sac de voyage et y puisa un tas de vêtements en vrac : il y avait là une jupe blanche mi-longue à parements jaune vif, un chemisier bleu ciel, une paire de ballerines, une perruque blonde, à quoi s'ajoutaient un sac à main et un petit nécessaire de toilette.

– Mais c'est à Chelsea ! couina Jefferson qui venait de reconnaître les vêtements de sa sœur.

– Je viens de te le dire. Je suis passé chez elle et je lui ai tout raconté. Elle est top, ta sœur, je t'assure. Elle n'a pas hésité une minute. Et vous êtes de la même taille, en plus !

Jefferson en resta d'abord muet puis, les yeux plissés, il murmura :

– Gilbert, il n'est pas question un quart de millième de millionième de seconde que je mette les vêtements de ma sœur.

– Très bien, trancha-t-il. Je n'insiste pas.

Il empoigna le sac de voyage et disparut dans la cabane. Jefferson l'entendit s'affairer longuement dans des bruits de tissu ponctués de quelques jurons, puis il perçut le *ziiiip* final d'une fermeture Éclair. Enfin, le rideau de feuilles s'ouvrit et la créature qui apparut lui coupa littéralement le souffle.

– Oui, je suis passé chez ta sœur, mais aussi chez la mienne ! annonça Gilbert en imitant une voix de jeune fille. Qu'est-ce que tu crois ? Moi aussi, je suis surveillé ! Mon meilleur ami est un assassin, quand même…

Il portait une robe rouge à dentelles, des bas, des chaussures à talons et une perruque frisée. Et il s'était souligné les yeux d'un trait d'eye-liner.

Alors Jefferson, qui depuis la veille n'était qu'angoisse et inquiétude, partit d'un rire impossible à arrêter. Et chaque fois qu'il parvenait à se calmer un peu, il suffisait que ses yeux se posent à nouveau sur Gilbert pour que ça recommence.

– Excuse, c'est les nerfs…

La discussion fut délicate. D'une part, parce que l'idée de Gilbert était folle. D'autre part, parce qu'une idée folle défendue par un gars déguisé en fille paraît doublement folle.

– Tu comprends, Jeff, la logique voudrait qu'on se rende sur le lieu du crime pour y chercher des indices, malheureusement c'est réservé aux vrais gendarmes, ça, et pas à des branquignols dans notre genre. Il faudrait… est-ce que tu peux arrêter de rire quand je te parle ?

– Excuse, mais dès que je tourne la tête vers toi… Est-ce que tu pourrais au moins enlever la perruque ?

– D'accord. Je te disais : comme on ne peut pas aller à *Défini-Tif*, il faut s'y prendre autrement. Il faut trouver le mobile du crime. M. Edgar n'a pas été assassiné pour rien, il faut à tout prix en savoir plus sur lui pour comprendre quelque chose à cette affaire.

Et comme il n'est plus là pour répondre à nos questions, j'ai pensé à Carole. Le problème, c'est qu'on ignore où elle habite.

– Je le sais, moi.

– Tu le sais ? Et comment ? Tu l'as suivie ?

– Non ! Enfin si, un peu… juste comme ça, par curiosité, de loin…

– Je vois…

– Tu ne vois rien du tout.

Selon Jefferson, il n'y avait aucune chance pour que Carole accepte de les recevoir, mais Gilbert s'entêta. Il avait son idée.

Quand ils se mirent en route, vers dix heures du matin, après avoir dissimulé dans la cabane tous leurs vêtements masculins, n'importe quel promeneur croisé par hasard dans le bois les aurait pris pour deux innocentes jeunes filles en promenade.

Ils entrèrent en ville d'un pas hésitant, surtout Gilbert dont les chaussures à talons, un peu courtes, martyrisaient le gros orteil. Comme ils traversaient le parc municipal, deux jeunes cochons, assis sur le dossier d'un banc public, les reluquèrent sans gêne et lancèrent des petits *tss tss* dans leur dos.

– Mais c'est hyper désagréable ! se révolta Jefferson sans se retourner. Je m'en rendais pas compte. Je le ferai plus, tiens.

– Mais tu l'as jamais fait, lui fit remarquer Gilbert.

– Ah oui, c'est vrai. Alors, disons que je le ferai jamais.

4

Carole habitait une coquette résidence proche du centre-ville et son nom figurait sur sa boîte aux lettres avec la mention de l'étage, le troisième. Ils prirent l'ascenseur et Gilbert profita de la montée pour recommander à Jefferson de se taire autant que possible pendant la rencontre, si toutefois elle avait lieu. Carole risquait de reconnaître le jeune hérisson à sa voix. Lui, Gilbert, serait plus à l'aise pour mener l'entretien.

Sur le palier, ils s'arrangèrent mutuellement leurs habits, ce qui faillit occasionner un nouveau fou rire à Jefferson. Gilbert frappa. Ils entendirent une toux rauque *kro-hoff ! theurk !*, des pas, et devinèrent qu'on les observait par l'œilleton.

– Que voulez-vous ? Qui êtes-vous ? fit une voix assourdie par la laryngite et par l'épaisseur de la porte.

– Nous sommes deux jeunes stagiaires du quotidien *La Trompette*, articula Gilbert en prenant une voix qu'il estimait féminine, et nous voudrions vous parler quelques minutes.

– Je n'ai rien à vous dire. Je suis malade *kro-hoff* !

Gilbert avait prévu cette réaction et bien préparé sa contre-attaque.

– C'est que nous ne voudrions pas que les gens disent n'importe quoi sur M. Edgar. Votre témoignage est important, mademoiselle. Vous êtes sa nièce. Vous le connaissiez bien. Et puis, nous sommes stagiaires au journal, comme vous au salon de coiffure, je crois…

Gilbert adressa un clin d'œil à Jefferson. Il venait d'utiliser sa botte secrète. Entre jeunes stagiaires, il faut bien s'épauler, n'est-ce pas ?

– Je suis malade, répéta Carole.

Il y eut un silence de quelques secondes, puis :

– Bon. Mais quelques minutes seulement. Et pas de photos.

– C'est promis ! jubila Gilbert.

Ils comprirent très vite la raison de cette dernière requête. La Carole qui leur ouvrit n'avait pas grand-chose à voir avec la Carole pimpante et bien mise du salon de coiffure. Elle se présenta en peignoir et en pantoufles, décoiffée, sans maquillage. Ses yeux étaient rougis autant par la maladie que par le deuil sans doute. Quant à sa voix, elle rappelait un peu celle d'un ânon qui s'entraînerait à braire et qui n'y arriverait pas. Ceci n'empêcha pas Jefferson de la trouver charmante. C'était un charme moins tape-à-l'œil et plus attendrissant, voilà tout.

– Voulez-vous voir nos cartes de presse ? demanda Gilbert, à peine le seuil franchi.

Jefferson sursauta. Qu'est-ce qui lui prenait à cet imbécile, de faire du zèle alors que personne ne lui avait rien demandé ?

– Je veux bien, répondit Carole. Excusez-moi, mais *kro-hoff theurk !* je préfère être sûre, en effet.

Tous les deux se mirent alors à farfouiller dans leur sac à main tandis qu'elle allait chercher un mouchoir en papier sur la table basse du salon. Jefferson lança à son ami un regard assassin. Torpiller une enquête en trois secondes, avant même qu'elle ne commence, c'était une performance de haut niveau. Ils pouvaient aller se rhabiller, c'était le cas de le dire !

Ce fut la sonnerie du portable de Carole qui les sauva. Elle retentit juste comme celle-ci revenait vers eux en se mouchant. Elle leur adressa un geste d'excuse et s'éloigna pour répondre. Malgré la distance, ils l'entendirent remercier et répéter plusieurs fois que ça allait, qu'il ne fallait pas s'inquiéter pour elle. Une amie sans doute.

– Je te laisse, dit-elle enfin, j'ai deux jeunes journalistes stagiaires de *La Trompette* chez moi.

Est-ce que les désigner ainsi les avait en quelque sorte validés dans leur fonction ? En tout cas, il ne fut miraculeusement plus question de cartes de presse à son retour. Elle avait oublié.

– Asseyez-vous, les invita-t-elle en leur indiquant un canapé à fleurs. Et ne faites pas attention au désordre.

C'est ce que recommandent en général les maniaques du rangement. Tout, chez Carole, était parfaitement en ordre et Jefferson y fut sensible. Les deux visiteurs s'installèrent côte à côte et prirent conscience de la difficulté qu'il y a à s'asseoir quand on porte une jupe ou une robe. Je croise les jambes ? Je ne les croise pas ? Ils choisirent de les serrer et de poser leur calepin dessus.

– Bien, commença Gilbert. Parlez-nous de votre oncle, s'il vous plaît.

– Oh, mon oncle Edgar… C'était un homme…

Elle chercha ses mots. Sans doute était-ce bien tôt pour admettre sa mort et évoquer sa personne. Quelques heures seulement s'étaient écoulées depuis le drame, et probablement une nuit blanche pour la malheureuse demoiselle.

– C'était un homme… tranquille. Rassurant. Il tenait *kro-hoff theurk !* son salon de coiffure depuis plus de quarante ans, vous vous rendez compte. Il avait l'habitude de dire qu'il était bien « implanté » et que, pour un coiffeur, c'était important. Il aimait faire des jeux de mots, pas toujours très réussis mais ça le faisait rire, lui. Il pouffait dans son double menton et nous… *kro-hoff ! kro-hoff theurk !* nous, on riait de l'entendre rire. Un jour, un de ses clients…

Plus elle racontait, plus elle se confiait et plus

Jefferson avait envie d'enlever sa perruque et de lui avouer leur stratagème. Tromper les gens le mettait mal à l'aise en général et tromper Carole en particulier. Gilbert, lui, n'avait pas ces scrupules. Il encourageait le récit de *hm hm* approbateurs et notait à tour de bras sur son calepin. Jefferson, assis juste à côté de lui, vit qu'en réalité, il ne notait rien du tout mais gribouillait des mots attrapés au hasard et sans aucun intérêt : « voiture, arriver, beaucoup... » ou même des mots qui ne voulaient rien dire : « grosshetrke... sjeondasdheb... »

Le portable de Carole sonna à nouveau. Elle consulta l'écran et se leva aussitôt.

– Excusez-moi. C'est ma tante.

Cette fois, elle disparut dans la cuisine, mais les deux faux journalistes pouvaient entendre sa voix brisée :

– Oui tatan, ça va... non, j'ai pas pu dormir... toi non plus j'imagine... *kro-hoff theurk!*... non, tatan, je n'en sais pas plus... non, ça ne sert à rien... oui tatan... je sais... je sais... *kro-hoff theurk!*... oui, moi aussi...

Jefferson avait déjà remarqué que les personnes bouleversées retiennent parfois longtemps leurs larmes, mais qu'elles lâchent la bonde dès qu'elles parlent à quelqu'un. Et plus elles aiment la personne à qui elles parlent, plus les larmes sont abondantes. Selon ce principe, se dit-il, Carole devait beaucoup aimer sa tante. Un sanglot lui vint, par empathie, un simple petit hoquet et Gilbert lui donna une méchante bourrade pour lui rappeler son rôle : un journaliste ne pleure pas devant les personnes qu'il interroge.

Quand Carole vint les rejoindre au salon, elle semblait encore plus dévastée qu'avant. Elle s'assit et avala un comprimé avec une gorgée d'eau.

– C'était ma tante.

Ils se turent un instant, puis Gilbert, en bon professionnel, relança l'entretien :

– Tout ce que vous nous dites, mademoiselle, laisse à penser que votre oncle avait peu d'ennemis et on se demande…

– Peu d'ennemis ? Mais il n'en avait aucun. Non, je pense que ce hérisson a tout simplement succombé à un accès *kro-hoff theurk ! kro-hoff theurk !* à un accès de folie meurtrière. Pardonnez-moi, mademoiselle, continua-t-elle en s'adressant à Jefferson, je sais bien qu'il ne faut pas faire de généralisation. Et je n'en fais pas. Mais quand même, *kro-hoff theurk !* tout le monde se rappelle ce hérisson, ce monstre qui a assassiné huit personnes…

– Alex Vrahil, rebondit Gilbert. Allons, c'était au siècle dernier et il était dingue !

– Oui, bien sûr, bien sûr. Mais comment expliquer sinon ? Je n'y comprends rien. Plusieurs hérissons fréquentaient le salon et je les appréciais tous, mais celui-ci, enfin celui qui est accusé du crime, ce M. Jefferson, eh bien… c'est affreux à dire…

– Oui ? l'encouragea Gilbert.

– Je dois avouer que… que je l'appréciais… particulièrement.

Gilbert lorgna discrètement sa collègue journaliste, un léger sourire aux lèvres. Carole pencha sa tête sur sa poitrine et pleura de plus belle. Jefferson s'en trouva totalement déboussolé. C'était digne d'une tragédie classique : le héros (Jefferson) est accusé à tort d'avoir tué l'oncle (Edgar) de celle qu'il aime (Carole), mais apprend le lendemain, déguisé en fille, qu'elle n'est pas insensible à ses charmes. Allez démêler ça ! Il y avait là de quoi être à la fois euphorique et abattu. Bref, il se sentit très nettement dépassé par la situation et se contenta de baisser la tête sur son calepin.

Abattu, Gilbert ne l'était pas, lui.

– Dites-moi, mademoiselle, je comprends votre peine et votre colère, mais imaginons que l'enquête prouve que ce jeune hérisson présumé innocent le soit vraiment, innocent, est-ce qu'alors vous… ?

C'est à cet instant que tout bascula. Comme Carole reniflait à faire pitié, Gilbert se pencha en avant pour saisir un mouchoir en papier dans la boîte posée sur la table basse. En tendant le bras, il renversa le verre d'eau et laissa échapper un viril : « merde ! » Carole releva la tête, alertée par cette voix soudain devenue grave. Gilbert se redressa d'un coup et ce mouvement brusque fit carrément pivoter sa perruque. La frange avait glissé sur le côté et les boucles frisées lui cachaient les yeux. Carole ouvrit grand la bouche :

– Qu'est-ce que… ?

Alors Jefferson estima que cela avait assez duré. Il n'en pouvait plus. Il porta lentement la main à sa propre perruque, l'empoigna et l'ôta de sa tête, libérant ainsi sa houppette qui se dressa tout droit vers le plafond.

Carole bondit sur ses jambes et cria comme si un spectre lui était apparu :

– Nooooon ! Monsieur Jefferson ! Noooooon !

– Je vous en prie, la supplia-t-il, n'ayez pas peur. Je… je ne suis pas dangereux.

Elle suffoquait, pâle comme un linge, cherchant par où elle pourrait s'enfuir s'il se jetait sur elle.

– Je vous jure que je n'ai pas tué votre oncle, je vais vous expliquer, implora Jefferson, et à le voir, on avait du mal à imaginer qu'il pouvait tuer autre chose que le temps.

Elle finit par se rasseoir, épuisée de fièvre et d'émotions. Ils se rassirent aussi. Gilbert lui tendit le mouchoir en papier par lequel tout avait commencé, Jefferson alla chercher une éponge dans la cuisine pour essuyer l'eau qui inondait la table basse et il remplit à nouveau le verre de la blairette.

– Tenez. Buvez un peu et écoutez-nous. Nous allons tout vous expliquer.

Il se chargea de raconter sa terrible découverte à *Défini-Tif* et sa fuite. Il y était entraîné maintenant,

mais il y mit un tel accent de vérité qu'il était impossible de ne pas le croire. Gilbert enchaîna par leur planque dans le bois, leur décision de se déguiser et de mener eux-mêmes l'enquête. Elle les écouta bouche bée et, quand ils eurent fini, elle exhala un profond soupir.

– La raison *kro-hoff theurk !* voudrait que j'appelle immédiatement les gendarmes et que je vous dénonce, mais il y a quelque chose qui m'en empêche, c'est que…

Là, elle eut une quinte plus longue et qui faisait mal à entendre *kro-hoff theurk ! theurk ! theurk ! theurk ! theurk ! theurk ! theurk ! theurk ! theurk ! kro-hoooff ! theurk ! theurk ! theurk ! theurk ! theurk !* Elle était devenue écarlate, dégoulinante de sueur et dut s'essuyer le visage avant de reprendre :

– C'est que… je vous crois. Et que je vous trouve tellement courageuses, euh pardon… courageux. Hélas, je crains que le témoignage de Mme Kristiansen ne pèse très très lourd et il se trouve en plus que son mari n'est autre que… *kro-hoooooooiiff !!*

– Nous le savons, mademoiselle, la relaya Gilbert pour la soulager, et c'est pourquoi nous voulons découvrir nous-mêmes l'assassin. Le problème, c'est que nous ignorons tout ou presque de M. Edgar. Il nous faudrait quelque chose à quoi nous accrocher pour démarrer l'enquête, vous comprenez. Est-ce qu'il n'y a rien dans sa vie de… je ne sais pas… d'un peu moins lisse et parfait ?

Elle réfléchit longuement.

– Il y a bien quelque chose, *theurkh* ! mais ça n'a sans doute aucune importance et j'hésite à…

– S'il vous plaît ! lancèrent-ils en stéréo.

– Bon, voilà *kro-hoff theurk* ! : le salon est fermé tous les lundis.

Cette révélation ne semblait pas bouleversante et les deux amis attendirent la suite.

– Or, comment dire… ? Mon oncle disparaissait tous les lundis.

– Comment ça, il disparaissait ? s'étonnèrent-ils en un duo toujours parfait.

– Eh bien, depuis deux ans environ, il avait l'habitude de prendre le train chaque dimanche et de ne revenir que le mardi matin pour l'ouverture.

– Ah. Et où allait-il ?

– On ne sait pas. C'était son *theurk* ! *kro-hoff theurk* ! son secret.

– Est-ce que par hasard, enfin je veux dire, est-ce que M. Edgar, avec tout le respect que je lui dois, bien sûr…

– Non. Je vois ce que vous voulez dire, mais pour qui le connaissait, cette seule idée donne envie de rire. Mon oncle n'était pas un coureur. Il n'avait pas d'aventures. Il adorait ma tante. C'est impossible.

– Bon, fit Gilbert. C'est un peu maigre, mais c'est un début. Écoutez, mademoiselle Carole, nous allons vous laisser vous reposer et vous soigner. Vous en avez bien besoin. Nous vous remercions infiniment de nous avoir reçus malgré votre malheur. Nous allons faire tout notre possible pour faire avancer l'enquête, hein Jefferson ?

Jefferson approuva. Tous deux se levèrent et se dirigèrent vers la sortie.

– Bonne *kro-hoff !* bonne chance ! toussa Carole, mais comme ils allaient tirer la porte derrière eux, elle la retint.

– Attendez, je… peut-être que j'ai tort mais je ne peux pas m'empêcher de vous faire confiance. C'est mon instinct qui me guide. Et il y a quelque chose *theurk ! theurk ! theurk !* que j'aimerais vous montrer.

Elle tourna les talons, disparut dans la pièce qui devait être sa chambre et revint quelques secondes plus tard, une enveloppe à la main. Elle la tendit à Jefferson.

– Tenez. Vous l'ouvrirez plus tard. Mon oncle aimait voyager pendant ses vacances et, où qu'il aille, il m'a toujours envoyé des cartes postales. Il n'avait pas d'enfants et je suis sa seule nièce, vous comprenez. Celle-ci est la dernière qu'il m'ait envoyée. Cela remonte à trois semaines seulement. Elle pourra peut-être *theurk ! theurk ! theurk !* vous mettre sur une piste. Je vous la laisse, mais ne la perdez pas, s'il vous plaît, et soyez gentil de me la rendre dès que vous pourrez. Elle a une grande valeur pour moi.

– C'est promis, dit Jefferson, touché qu'elle lui ait confié la carte plutôt qu'à Gilbert. Cela créait entre eux quelque chose de personnel, de presque intime.

Il la glissa dans son sac à main.

– Une dernière chose, piaula la blairette malade avec ce qui lui restait de voix, si parfois vous devez vous déguiser à nouveau en filles, revoyez le maquillage parce que c'est vraiment *kro-hoff theurk !* c'est vraiment n'importe quoi. Il faut moins de fond de teint, par exemple, on dirait que vous vous êtes tartinés avec du beurre de cacahuètes, là.

Ils recoiffèrent leurs perruques dans l'ascenseur et s'efforcèrent de quitter la résidence avec le plus de naturel possible. Dans le parc, les jeunes dragueurs cochons, qui semblaient vissés au banc par les fesses, les sifflèrent à nouveau.

– Ils font honte à mon espèce, râla Gilbert. Et si on allait leur casser la figure ? Ça leur ferait une bonne leçon de se faire aplatir le groin par des filles.

– Laisse tomber, souffla Jefferson en lui prenant le bras pour l'entraîner. Ce n'est pas le moment de nous faire remarquer.

Ça l'arrangeait bien. Il détestait se battre. Ils traversèrent sans encombre le reste de la ville, pressés d'être à l'abri des regards. Dès qu'ils furent à nouveau dans le bois, Gilbert quitta ses chaussures et ils se mirent à trotter sur le chemin.

5

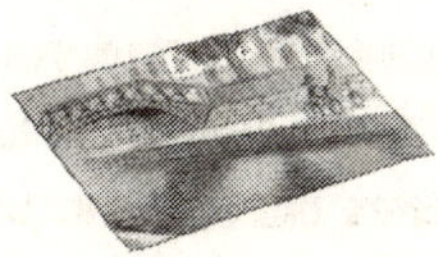

La carte postale montrait un paysage urbain. Une élégante passerelle enjambait un canal bordé de maisons anciennes aux façades bariolées. Les arbres aux couleurs d'automne se reflétaient dans l'eau. Des cyclistes passaient.

– Très beau, commenta Gilbert. Très romantique. Ça te dit quelque chose ?

Ils étaient assis sur leur tronc d'arbre, près de la cabane, vêtus de leurs vrais habits. Jefferson secoua la tête.

– Non. Je dirais que c'est chez les humains, mais où exactement…

Il retourna la carte.

– Gagné. C'est Villebourg.

– Villebourg ? C'est quoi ?

– Une grande ville. Très touristique. Avec une belle cathédrale, je crois. Une rivière, des canaux, des ponts…

– Comment tu sais tout ça ?

– Je ne dormais pas près du radiateur, moi, en cours de géographie.

Le timbre et le cachet indiquaient que la carte avait bien été postée là-bas. L'oncle Edgar avait une écriture soignée.

Ma chère Carole, ce beau paysage urbain pour te dire mes pensées affectueuses. Vois comme les humains peuvent faire de belles choses. ~~Ils peuvent aussi hélas~~ À bientôt chez nous. Je t'embrasse. Ton oncle Edgar.

Ils furent bien entendu l'un et l'autre étonnés par cette phrase incomplète, barrée et cependant restée lisible : *~~Ils peuvent aussi hélas.~~* Était-ce volontaire ? Gilbert pensait que non. D'après lui, l'oncle, sur le point de confier quelque chose à sa nièce, s'était ravisé, mais comme la carte était déjà timbrée, il s'était contenté de rayer les mots en trop. Il l'avait fait à la va-vite, sans se rendre compte qu'on pouvait encore les lire. Il ne fallait y voir aucune intention particulière. Jefferson au contraire pensait que c'était bel et bien un acte réfléchi. M. Edgar était une personne perfectionniste et méticuleuse. S'il avait vraiment souhaité que Carole ne lise pas ce début de phrase, il l'aurait mieux camouflé ou il aurait même tout simplement déchiré la carte pour en écrire une autre, bien propre. Il n'était quand même pas à quatre-vingts centimes près. Non, il y avait là le geste d'un homme qui veut dire quelque chose sans le dire tout en le disant !

Ils argumentèrent un moment sur cette question sans pouvoir se départager, jusqu'à ce que Jefferson se fige soudain.

– Qu'est-ce qui t'arrive ? demanda Gilbert.

Jefferson s'émerveilla du fonctionnement de son propre cerveau. C'était comme si une pensée y avait fait un long parcours sous-marin et que maintenant, titillée par une autre, elle venait éclater à la surface en une petite bulle d'évidence.

– Il m'arrive que je viens de repenser à quelque chose. Le matin du meurtre, je suis allé à pied en ville, tu sais, et j'ai bien failli me faire écraser, figure-toi…

Il raconta la voiture qui roulait à tombeau ouvert, les deux humains à bord, sa cabriole dans le fossé.

– 120 à l'heure sur la départementale ! s'indigna Gilbert. La limite est à 90, ramenée à 80 si la chaussée est humide ou si le conducteur a son permis depuis moins de…

– C'est bon, Gilbert, tu ne vas pas encore me réciter le Code. Ce qui me frappe, c'est cette coïncidence : ces deux types dans la voiture en fuite, parce que oui, si j'y repense, cela ressemblait bien à une fuite, et maintenant cette carte envoyée par M. Edgar justement depuis là-bas. On est ramenés deux fois aux humains dans cette affaire, voilà ce que je me dis.

– Mais oui ! brailla Gilbert. Gé-nial ! Absolument gé-nial !

Il se mit à courir et à sauter comme un cabri.

– On va aller chez les humains ! Tu as raison : c'est

là-bas que ça se passe ! Notre enquête avance ! J'adore ça ! Tiens, je crois que je vais arrêter ma formation de chauffagiste et que je vais commencer détective !

Du même coup, Jefferson se rappela qu'à cette heure, il aurait lui-même dû se trouver sur les bancs de l'université où il étudiait la géographie en deuxième année, au lieu de quoi il traînait dans les bois, accusé de meurtre, en compagnie d'un cochon rigolard et inconscient du danger. *Nous sommes deux faux journalistes*, se dit-il, *nous sommes deux faux détectives, mais nous sommes surtout deux vrais imbéciles.*

Gilbert acheva sa danse sauvage et reprit place sur le tronc d'arbre.

– Je vais rentrer chez moi et prendre tout ce qu'il nous faut pour le voyage. Et j'achèterai le journal pour découper la photo de M. Edgar. Comme ça, là-bas, on pourra la montrer aux gens et…

– Du calme, cochonnet ! le tempéra Jefferson. Tu t'emballes et tu oublies quelques petits détails.

– Par exemple ?

– Par exemple que je ne peux pas rentrer chez moi, que je n'ai ni vêtements de rechange ni trousse de toilette. Je n'ai même pas d'argent. Je te rappelle que j'étais juste parti chez le coiffeur, moi. Tu oublies aussi que je suis le hérisson le plus recherché du pays, je me vois mal prendre tranquillement le train, même déguisé, et…

– Tu ne te déguiseras pas, et on ne prendra pas le train, petit hérisson.

– Ah bon. Et on ira comment ? En voiture ? Je ne conduis pas et toi, Dieu soit loué, pas encore.

– Nous n'irons pas en voiture !

– À pied ?

– Nous n'irons pas à pied.

Gilbert ménagea quelques secondes encore le suspense, puis lâcha posément :

– Nous irons en car.

– En car ?

– Oui. Parce que je viens d'avoir une idée fulgurante et qui m'étonne moi-même. On se fera vite repérer chez les humains si on traîne en ville pour notre enquête. Ils vont nous trouver louches. Alors, j'ai longuement réfléchi et…

– Tu as longuement réfléchi… quand ?

– Euh, en dansant tout de suite, là, même si j'en avais pas l'air. Et j'ai trouvé. Voyons si tu pourrais te hisser à mon niveau : quelle est, selon toi, la meilleure façon de voyager quand on veut passer inaperçu ?

Comme Jefferson faisait la moue, il donna lui-même la réponse :

– Le voyage organisé !

– Tu veux qu'on aille mener notre enquête en voyage organisé ?

– Mais oui ! Tu te déplaces en troupeau, personne ne fait attention à toi, tu fais des photos autant que tu veux. C'est idéal. Et il se trouve que mon cousin Roland travaille pour une agence qui en organise. Les Voyages Ballardeau, tu connais ?

Jefferson avait remarqué depuis longtemps ces cars jaunes qui arpentaient le pays avec, à l'arrière, cette inscription qui l'avait toujours intrigué : ENVIE DE BALADE ? BALLARDEAU !

– Et il y fait quoi ton cousin, chez Ballardeau ?

– Il est chauffeur.

– Mais Gilbert, je peux pas bouger d'ici. Je me ferai prendre dès que je pointerai le museau hors de ce bois.

– Non. On fera ça en douce. Et je t'inscrirai sous un faux nom. Mon cousin arrangera tout. Allez, je vais me renseigner sur les prochains voyages. Et pour tes affaires, on verra le moment venu. T'en fais pas. Je m'en occuperai.

Survolté comme ça, Gilbert était inarrêtable, mais comme il s'éloignait en trottant sur le chemin, Jefferson le rappela :

– Attends. Ça fait deux fois que j'oublie.

Il ouvrit son sac à dos et en tira *Seul sur le fleuve*.

– Tiens. Je l'ai emprunté pour toi à la bibliothèque. C'est l'histoire d'un gars qui s'appelle Chuck et qui… enfin, tu verras. Moi, j'ai adoré. Je crois que c'est le meilleur livre que j'aie lu de toute ma vie.

– À ce point ?

– À ce point.

Le hasard fit que l'entreprise Ballardeau programmait un voyage à destination de Villebourg, au pays des humains, trois jours plus tard. Trois jours que Jefferson passa dans la cabane et aux proches alentours à attendre les passages de Gilbert. Il dormit beaucoup, se lava dans le ruisseau, lut une dizaine de romans, avala une trentaine de bananes et une soixantaine de viennoiseries.

Chaque jour, *La Trompette* apportait son lot de nouveautés concernant le meurtre. Mme Kristiansen en particulier était devenue tout à fait incontrôlable. Dans une de ses interviews, elle précisait même :

Ses yeux étaient injectés de sang, il avait l'écume aux lèvres, il a crié : « Vive Alex Vrahil ! » et il a foncé sur moi. C'est simple : je suis une miraculée...

Chaque édition montrait d'elle une photo différente, elle y était tantôt épouvantée, tantôt en pleurs, mais toujours en état de grande exaltation.

Heureusement que Carole apportait un contrepoint plus raisonnable :

Je comprends l'émotion de Mme Kristiansen, mais je n'arrive pas à croire en la culpabilité de M. Jefferson. Il était un client particulièrement courtois et apprécié de tout le monde à Défini-Tif. *J'espère de tout mon cœur, et en mémoire de mon oncle, que la lumière sera bientôt faite sur ce qui s'est vraiment passé.*

Un matin, Jefferson éprouva un choc. Sa photo était exposée à la une et quelle photo ! Ils étaient allés l'exhumer de leurs archives. Il avait remporté un concours de pâtisserie, six ans plus tôt, et on le voyait présenter sa tarte aux myrtilles, un sourire embarrassé sur les lèvres, mais la houppette déjà conquérante. Comment imaginer une seconde que ce gentil et timide hérisson pâtissier ait pu devenir en quelques années un monstre sanguinaire ? Le journaliste relevait cette contradiction dans son papier et, sans mettre en doute directement le témoignage de Mme Kristiansen, il défendait l'idée qu'en l'absence de preuves et d'aveu, un présumé coupable devait d'abord être considéré comme un présumé innocent. Jefferson lui en fut reconnaissant et il se promit de le retrouver pour lui dire merci quand toute cette affaire ne serait plus qu'un mauvais souvenir.

Si Gilbert manquait d'imagination pour varier les menus, il excella en revanche pour la garde-robe et il les équipa tous les deux du nécessaire en pantalons, chemises d'été et autres casquettes à visière. Il y ajouta les accessoires indispensables que sont les lunettes de soleil, l'appareil photo en bandoulière et le sac-banane à fixer autour du ventre. Il eut plus de mal à faire admettre à Jefferson qu'il lui fallait sacrifier sa houppette. Selon lui, elle le trahirait. Jefferson s'y refusa d'abord catégoriquement. Il arborait cet épi rebelle avec fierté depuis l'école maternelle et il était devenu une partie de lui-même au même titre que sa tête ou que ses jambes.

« Sauf que ça repousse, avait argumenté Gilbert, et les têtes non, à ma connaissance. »

Le malheureux s'assit finalement sur leur tronc d'arbre, résigné. Gilbert passa derrière lui, les ciseaux à la main.

– Ferme les yeux et détends-toi.

Il empoigna la houppette de la main gauche et la plaça entre les deux branches des ciseaux.

– Dis-moi : « Coupe ! » Je veux que ce soit toi qui le demandes.

Jefferson sentit les larmes venir et, de peur de se raviser, il prononça aussitôt un triste :

– Coupe.

En un seul *shrik !* l'affaire fut réglée.

– Je te la montre ? demanda Gilbert, comme le fait un dentiste à propos de la molaire qu'il vient d'arracher à son patient.

– Non, jette-la, répondit Jefferson en se félicitant qu'il n'y ait pas de miroir dans la cabane. Voir le haut de sa personne ainsi dépourvu de son plus bel ornement l'aurait sans doute durement affecté.

Compte tenu de la distance à parcourir pour se rendre chez les humains, le départ était fixé au petit jour. Une chance pour les deux amis qui purent rejoindre le rendez-vous sans croiser âme qui vive dans les rues.

Gilbert avait tenté les jours précédents d'accéder à la maisonnette de Jefferson, mais celle-ci était toujours sous surveillance et il lui avait été facile de repérer les athlétiques danois dont l'art du camouflage n'était pas la qualité première. Comme promis, il avait donc tout prévu pour deux personnes : sacs de voyage, vêtements, appareils photo, trousses de toilette.

Le petit car jaune attendait dans le parking derrière l'agence, moteur déjà en marche. Une quinzaine de voyageurs s'affairaient à charger leurs bagages dans la soute, aidés par Roland que chaque sac et chaque valise faisaient rire. La bonne humeur était apparemment inscrite dans les gènes de la famille. Dès qu'il vit son cousin, Roland se dirigea vers lui et l'embrassa, puis il adressa un clin d'œil appuyé à Jefferson en lui serrant la main.

– Monsieur Bonnepatte, bonjour !

– C'est quoi ce nom débile ? demanda Jefferson dès que Roland se fut éloigné.

– Bonnepatte ? C'est le nom de l'ingénieur qui a inventé le chauffage central. Enfin, son vrai nom, c'est Bonnemain, j'ai juste changé un peu. Râle pas, tu es bien content d'avoir juste à tourner le bouton de ton radiateur pour avoir chaud en hiver, au lieu d'essayer de faire du feu avec un silex.

Ils casèrent eux-mêmes leurs valises dans la soute et s'apprêtaient à monter à bord lorsqu'une voix tonitruante s'éleva :

– Oh, dites donc ! Vous ressemblez drôlement au criminel, vous ! Il vous manque que la houppette, ha ha ha !

Le cœur de Jefferson se mit à taper. Ils n'étaient même pas partis qu'on l'avait déjà reconnu. Celui qui venait de lancer cette remarque était un gros sanglier court sur pattes, rougeaud et hilare.

– Hein, chérie, qu'il ressemble à Robertson… euh Williamson… enfin, l'autre là… comment il s'appelle ?… le criminel, quoi…

– Walter, arrête un peu, t'es pas drôle ! le gronda son épouse grassouillette aussi et dont la formidable poitrine gonflait le chemisier presque jusqu'à l'explosion.

Deux des boutons semblaient ne plus tenir qu'à un fil et donnaient envie de s'éloigner du danger.

Gilbert eut alors un réflexe étonnant. Il ne se démonta pas.

– Mais oui, c'est bien lui ! C'est Jefferson ! Il aura coupé sa houppette pour passer incognito ! Au secours, j'ai peur !

Quelques voyageurs sourirent et Jefferson s'efforça d'en faire autant. Le sanglier s'approcha alors tout près et lui murmura :

– Excusez-moi, je m'appelle Schmitt. Walter Schmitt. C'était une plaisanterie. J'aime bien plaisanter. Vous ne m'en voulez pas, j'espère.

Il avait dû se pulvériser d'eau de Cologne pendant une bonne minute. Les effluves vous piquaient carrément les yeux.

– Mais non, je ne vous en veux pas, répondit Jefferson en se promettant de se tenir loin, très loin de Walter Schmitt pendant tout le séjour.

– Merci, fit le sanglier en lui serrant la main. Et vous, c'est comment ?

– Euh… Bonnepatte. Je m'appelle M. Bonnepatte.

Ils choisirent une place au milieu du car et regardèrent s'installer ceux qui seraient leurs compagnons de voyage pour les dix jours à venir. Deux écureuils amoureux et discrets, un couple de moutons âgés qui

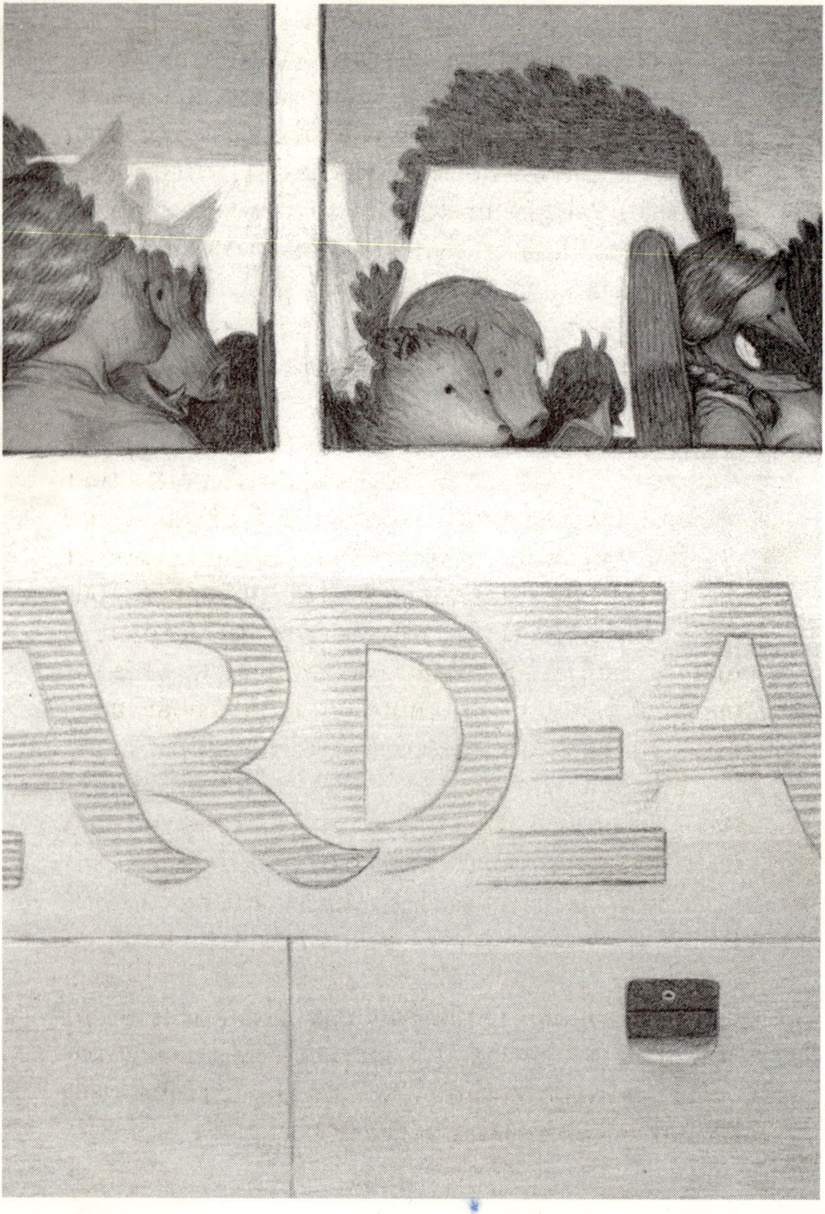

s'aidèrent l'un l'autre à s'asseoir, deux renardes complices et papoteuses, prêtes à se moquer de tout le monde, sembla-t-il à Jefferson… Il eut un sentiment mitigé en voyant monter un couple de blaireaux entre deux âges, l'air sévère. Tous les deux portaient un discret brassard noir en signe de deuil et il se demanda comment ils allaient accepter la présence parmi eux d'un hérisson, quelques jours seulement après le drame de *Défini-Tif*. Ils s'assirent à l'avant. On verrait plus tard.

Montèrent ensuite une vache et deux jeunes vachettes, un gros chat angora qui s'installa tout au fond, contre la vitre, son appareil photo sur les genoux. Puis une chèvre et son mari, une cane et d'autres voyageurs encore, si bien qu'en quelques minutes, le car fut presque rempli. La dernière à monter fut une longue et pâle lapine, encore jeune mais habillée comme une mamie. Elle avança dans l'allée centrale en distribuant de timides « bonjour ».

– Elle s'appelle Simone, expliqua Gilbert, elle est un peu dépressive. Elle s'inscrit à tous les voyages pour trouver un mari. Si t'es intéressé…

Roland souhaita la bienvenue aux voyageurs, les assura qu'il ferait tout pour leur rendre le séjour agréable et demanda s'ils préféraient rouler en silence ou avec la radio. Les deux vieux moutons levèrent ensemble la main, sans doute pour dire qu'ils apprécieraient de pouvoir finir leur nuit dans le calme, mais les deux renardes les devancèrent :

– La radio ! De la musique !

Roland s'installa au volant et mit la radio locale. Dès le petit jour, on y parlait à la mitraillette, on y vendait des articles dont le prix se terminait toujours par 99 centimes et on se coupait la parole en faisant bien attention de dire n'importe quoi. Le car manœuvra pour sortir du parking, traversa la ville endormie et s'engagea sur la route départementale. Ils passèrent là où Jefferson avait failli se faire écrabouiller quelques jours plus tôt, puis tout près du chemin qui conduisait chez lui. Il en eut la gorge serrée. Son plat de pommes de terre au four devait ressembler à une horreur à présent.

– Courage, hérisson, lui souffla Gilbert, avec un peu de chance, on est de retour dans dix jours, le coupable saucissonné dans le coffre à bagages.

Là-dessus, il coiffa ses écouteurs et se plongea dans son manuel du Code de la route au chapitre « signalisation ».

– Avec un peu de chance…, soupira Jefferson en ouvrant son roman en cours.

Un insistant parfum d'eau de Cologne lui parvint de l'arrière. Il se retourna et se trouva nez à nez avec la trogne couperosée de M. Schmitt qui poussait son groin entre les deux sièges.

– Excusez encore pour tout à l'heure.

Oui, le voyage serait long.

6

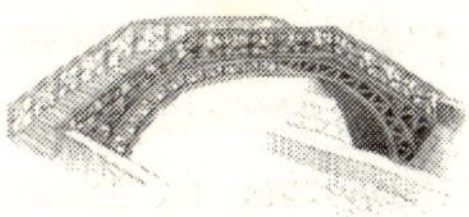

Bien que passionné de géographie, Jefferson n'avait jamais passé la frontière et ceci lui occasionna des picotements dans l'estomac. Laisser derrière lui son univers familier le mettait mal à l'aise, d'autant plus qu'il se savait recherché. Il se voyait déjà arrêté, empoigné, jeté au sol avec les bras tordus derrière le dos, menotté, ligoté, ramené, et il imaginait la une de *La Trompette* : *L'assassin Jefferson Bouchard de La Poterie rattrapé alors qu'il tentait de quitter le pays sous une fausse identité. La population respire.*

Fort heureusement, les contrôles se limitèrent aux moulinets impatients du policier de service : « Passez, passez ! », comme s'ils étaient quantité négligeable et ne faisaient qu'encombrer l'espace. Ils passèrent donc et roulèrent toute la matinée sur des routes nationales bordées de platanes, traversant çà et là des localités sans charme mais qui leur faisaient cependant coller le nez à la vitre. Les habitants ne se gênaient pas pour les dévisager. Des enfants leur faisaient la grimace ou essayaient de les imiter, on ne savait pas trop.

Ils firent une halte pour déjeuner dans un restaurant réservé pour eux seuls, roulèrent ensuite sur l'autoroute et atteignirent Villebourg à la nuit tombante. Ils furent impressionnés par la hauteur des immeubles et c'était bizarre de ne voir que des humains ou presque sur les trottoirs animés. Jefferson n'en avait jamais vu autant à la fois ! Chez eux, au pays des animaux, on en croisait de temps en temps, venus là pour affaires ou en touristes, mais ils étaient des exceptions. Ici, ils étaient soudain devenus la norme. Et inversement, les passagers du car Ballardeau s'étaient métamorphosés en bêtes curieuses, c'était le cas de le dire.

À l'hôtel *Majestic*, il sembla même à Jefferson que les deux réceptionnistes se poussaient du coude et se retenaient de rire en les enregistrant. Il considéra ses compagnons, autour de lui. Ils attendaient sagement, leur valise au pied, qu'on leur remette la clé de leur chambre, et il fallait bien reconnaître que l'éventail des trognes présentes pouvait prêter à sourire : des hures massives et des faces rabougries, des crânes longs et d'autres aplatis, des oreilles pendantes et d'autres dressées, des cornes, des becs, des moustaches. Il jeta un coup d'œil à son propre reflet dans un miroir, il vit son museau pointu, ses petits yeux ronds, ses cheveux ras et il dut s'avouer que oui, vu par un humain…

Au début, il fit l'effort de ne pas les juger trop vite. Les opinions toutes faites sont dangereuses, il était bien placé pour le savoir ! Mais le deuxième matin, au petit déjeuner, il arriva ceci : M. et Mme Frérot, les deux moutons âgés, s'étaient pomponnés, parfumés, coiffés et habillés avec soin. Le mari portait une veste blanche bien repassée, son épouse un chemisier fleuri. Ils entrèrent les derniers dans la salle de restaurant, se tenant par le bras, timides.

– On s'active, m'sieurs dames, on s'active ! les interpella un serveur.

Il n'y avait là rien de bien méchant, mais Jefferson n'aima pas cette familiarité. Il était lui-même en train de finir son petit déjeuner à la table voisine.

– Tu crois qu'il aurait dit la même chose à un client humain ?

– Je sais pas, répondit Gilbert en trempant son troisième croissant au beurre dans son chocolat. Tu t'en poses de drôles de questions.

– Oui, je m'en pose. Je me demande si les humains ne nous prendraient pas un peu de haut, par hasard.

En réalité, son impression pouvait se résumer en quelques mots : on les traitait comme des inférieurs. Au mieux comme des enfants, au pire comme des handicapés mentaux. Cela lui fut très désagréable. Et il y avait aussi cette question délicate des repas. Le directeur de l'hôtel l'avait évoquée dans son bref discours d'accueil, le soir de leur arrivée. Il avait même essayé d'y mettre une pointe d'humour :

– Nous avons bien entendu veillé à ce que vous n'ayez pas de mauvaises surprises dans vos assiettes, n'est-ce pas ? Ha ha ha ! Personnellement, je n'aimerais pas y trouver un morceau de mon cousin ou de ma sœur, alors je suppose que vous non plus.

Personne n'avait ri, pas même Walter Schmitt, et on était passé à autre chose.

Par bonheur, d'autres humains se montraient tout à fait respectueux, ainsi par exemple Roxane, la jeune femme chargée de les guider pendant leur séjour. Elle était étudiante en géographie, comme Jefferson, et finançait ses études grâce à ce petit boulot. Elle pouvait faire les visites en français, en anglais et en espagnol. Elle s'habillait pour trois francs six sous, arborait une tignasse orange en pétard et souriait en permanence. Gilbert trouva dès le premier jour qu'elle expliquait tellement bien que ça lui donnait l'impression d'être intelligent ! Jefferson n'avait pas manqué de répondre que c'était en effet une sacrée performance.

Ce matin-là, juste après l'incident du petit déjeuner, les vingt-sept Ballardeaux, inséparables pour le meilleur et pour le pire, se rendirent à pied à la cathédrale de Villebourg. Ils empruntèrent les ruelles pavées de la vieille ville et, comme ils passaient devant une mercerie appelée *Chez Simone*, Walter Schmitt voulut à tout prix photographier sous l'enseigne la lapine tristounette qui portait le même prénom. Il l'obligea à poser et à sourire. Elle se défendit mollement mais ne put rien faire contre le sanglier. Le gros chat angora, boudiné dans sa gabardine, marchait toujours à la traîne, indifférent aux autres, et il faisait des clichés de presque tout : des voitures, des panneaux publicitaires, des kiosques à journaux.

Il ne faisait pas très chaud sur le parvis de la cathédrale et Roxane, attentive à tout, prit soin de rassembler sa petite troupe dans une tache de soleil. Elle se lança avec passion :

– Il faut savoir, mesdames et messieurs, que c'est à la suite de la grande peste de 1642 qu'un pèlerinage…

– 1642 ! Ça date pas d'hier ! commenta M. Schmitt.

Sa capacité de concentration n'excédait pas les trois minutes. Au-delà de cette limite, il ne pouvait pas s'empêcher d'intervenir. « Chéri ! » le reprenait son épouse, mais c'était plus fort que lui.

– … qu'un pèlerinage fut organisé en remerciement à la Vierge Marie qui avait protégé la population…

Tous écoutaient avec attention, comme de bons petits écoliers. M. et Mme Frérot, les deux moutons, hochaient la tête en continu en signe d'approbation, les deux renardes elles-mêmes se taisaient.

Roxane acheva son exposé :

– Et voilà, mesdames et messieurs, comment ce superbe édifice a vu le jour. Nous allons maintenant entrer. Je vous demanderai juste de bien vouloir ôter vos chapeaux, casquettes et autres couvre-chefs. Regardez, j'enlève le mien !

Là-dessus, elle retira son bonnet, libérant la flamboyante chevelure que les deux écureuils roux eux-mêmes auraient pu lui envier, elle brandit son petit drapeau BALLARDEAU au-dessus de sa tête et se dirigea vers l'entrée. Tous lui emboîtèrent le pas.

La visite de la cathédrale était passionnante et on ne pouvait qu'être soufflé par la beauté de la nef, des colonnes, des vitraux, des grandes orgues, de toutes ces merveilles que les humains avaient réussi à concevoir et réaliser, mais Jefferson n'oubliait pas pourquoi ils étaient venus, Gilbert et lui. Leur enquête était au point zéro et l'impatience le taraudait.

C'est en milieu d'après-midi que tout s'accéléra soudain. Leur car longeait le canal. Roland conduisait au pas pour permettre à ses passagers d'admirer à loisir le reflet dansant des façades dans l'eau. Roxane prenait et reprenait le micro pour signaler tel ou tel monument, tel ou tel édifice, raconter une anecdote.

– Cette maison sur votre gauche est dite la maison de la Nonne parce qu'ici, habitait une toute jeune fille que son père voulait obliger à se marier avec un vieux grigou et…

Tout à coup, Gilbert se souleva presque de son siège.

– Jeff ! C'est là !

Il n'y avait aucun doute. La jolie passerelle jetée sur le canal, les façades bariolées des maisons, les arbres, quelques péniches à l'arrêt. Jefferson tira de la poche intérieure de sa veste la carte postale qu'il gardait précieusement sur lui depuis que Carole la lui avait confiée. Tout y était, jusqu'aux cyclistes !

Ils durent se contrôler pour ne pas se mettre à crier : « Roland ! Arrête-nous là ! On descend ! » Jefferson retint Gilbert par la manche.

– Laisse ! On reviendra ce soir.

Ils avaient dépassé de très loin la passerelle et Jefferson continuait à observer la carte postale, comme fasciné.

– Qu'est-ce que tu regardes comme ça ? demanda Gilbert.

Jefferson hésita un peu, puis :

– Gilbert, qu'est-ce que tu vois, là ?

Il pointait l'ongle de son petit doigt sur un détail de la photo, précisément la porte d'entrée d'une maison, de l'autre côté de la rivière. Gilbert plissa les yeux.

– Rien, je ne vois rien.

– Mais si, bon sang, là !

– Tu veux dire ce petit point noir ?

– Oui. J'ai l'impression que c'est fait avec la pointe d'un feutre, non ?

– Peut-être. Et alors ?

– Ben, ça n'est pas sur la photo d'origine, alors ça veut dire que quelqu'un, sans doute M. Edgar, a voulu désigner quelque chose, tu sais, comme quand tu dessines une petite flèche sur une carte postale et que tu écris : « C'est là qu'on est ! »

Gilbert prit la carte, mouilla son index et le passa sur la tache en appuyant bien. Une microscopique virgule noire apparut.

– Oui, c'est bien du feutre. Mais on dirait qu'il a

déjà essayé d'effacer et qu'il n'y est pas arrivé tout à fait.

– Tu as raison, continua Jefferson. C'est comme cette phrase barrée. Dans les deux cas, il a voulu dire ou montrer quelque chose.

– Bravo, Sherlock ! s'enthousiasma Gilbert. Décidément, tu m'étonneras toujours !

La visite du musée de la Chaussure leur parut interminable, d'autant plus que Clarisse, la poule, passionnée par la technique du tissu retourné dans la fabrication des pantoufles, posa une bonne trentaine de questions sur le sujet. Quant à M. Schmitt, il répéta trois fois le gag de saisir une chaussure, de renifler l'intérieur et de lancer à la ronde : « Ah oui, elle a été portée ! » Ils crurent devenir fous d'impatience et, de retour à l'hôtel, ils prirent à peine le temps de se changer avant de foncer vers le canal, le cœur battant à la pensée que leur enquête commençait là, maintenant, enfin.

Le quartier était paisible en cette fin d'après-midi. Ils s'immobilisèrent au milieu de la passerelle, notant les dizaines de cadenas accrochés à la grille par des amoureux. Gilbert en observa un de plus près.

– Ça alors, c'est dingue, regarde, il est écrit : « Carole et Jefferson, amour éternel ! »

Jefferson lui donna une bourrade et ils traversèrent. La maison qu'Edgar avait indiquée de la pointe de son feutre portait le numéro 42. Les murs de briques étaient couleur ocre, les ouvertures étroites. Sans les deux pots de géraniums posés sur le rebord de la fenêtre, on l'aurait dite inhabitée. Ils s'approchèrent. Un nom figurait sur la petite plaque en cuivre : **Mme Madeleine Rollet**. Gilbert pressa plusieurs fois le bouton de la sonnette mais celle-ci ne fonctionnait pas. En tout cas, on n'entendait rien. Il frappa sans obtenir plus de réponse. Leur enthousiasme s'en trouva un peu douché.

Ils entreprirent de se promener dans les environs. Si M. Edgar était un familier du quartier, peut-être tomberaient-ils sur quelqu'un qui l'avait croisé. Jefferson sortit la photo découpée dans le journal et la présenta d'abord à un homme d'une cinquantaine d'années qui marchait, son journal sous le bras.

– S'il vous plaît, monsieur, est-ce que par hasard vous auriez déjà vu cette personne ?

L'homme, qui était grand, se pencha sur Jefferson, qui était petit, et il eut un sourire amusé.

– Possible, mais c'est un blaireau, et ils se ressemblent tous.

Les suivants ne furent pas d'un grand secours non plus : « Non, jamais vu… C'est un chanteur célèbre de chez vous, non, un crooner ?… Désolé, ça ne me dit rien… Excusez-moi, j'ai pas le temps… Vous avez votre carte de police ?… »

Ils finirent dans un petit café rétro, en face d'une péniche. Avec un peu de chance, M. Edgar aurait pu venir y boire un verre. Ils avaient l'un et l'autre envie d'un Coca-Cola, mais ils jugèrent qu'on les prendrait davantage au sérieux s'ils commandaient deux demis de bière. En les leur apportant, le garçon ne put s'empêcher d'ironiser :

– Un coussin, messieurs, pour arriver à la table ?

Gilbert haussa les épaules et s'efforça de prendre une grosse voix :

– Pas de coussin, merci. Est-ce que vous auriez déjà vu cette personne dans votre café ?

Le garçon prit carrément la photo pour l'observer et ne se cacha pas pour rire.

– Ha ha ha ! Non ! Sûrement pas ! Parce que si j'avais vu cette tête-là, je l'aurais pas oubliée.

Ils sortirent, les jambes vaguement flageolantes et l'esprit brumeux. La perspective, à présent, était sombre. Ils allaient passer une semaine à visiter le musée de la Betterave et celui de la Machine à coudre, à supporter les blagues douteuses de Walter Schmitt, sans compter la neurasthénie de Simone qui ne demanderait qu'à les contaminer. Et que se passerait-il ensuite ? Gilbert pourrait rentrer avec le voyage Ballardeau, mais Jefferson ? Il lui resterait le choix entre la prison à vie dans son pays ou bien l'exil chez les humains, à jamais seul, étranger, perdu. Sa gorge se serra.

Ils s'arrêtèrent à nouveau au milieu de la passerelle, pour regarder passer une péniche, sous eux, et surtout pour retarder un peu le moment de partir. Cet endroit était leur seule chance de découvrir une trace de M. Edgar, et le quitter signifiait leur défaite. Ils suivirent des yeux la péniche jusqu'à ce qu'elle disparaisse au premier coude que faisait le canal puis, sans qu'ils se concertent, leur regard se porta sur une petite dame qui marchait sur le trottoir, là-bas, le long des maisons. Elle était chargée d'un lourd filet à provisions qui l'obligeait à changer de bras tous les quatre ou cinq mètres. Ils se turent, mais ils faisaient secrètement le même pari, et lorsqu'elle s'immobilisa devant le numéro 42 en fouillant sa poche, ils se donnèrent un coup de coude.

– Gé-nial ! murmura Gilbert et il serra les poings.

Ils attendirent un peu avant de frapper. Il ne fallait surtout pas brusquer la vieille dame, ni l'effrayer.

– Messieurs ? fit-elle en entrouvrant la porte.

Elle était plus grande qu'eux, mais très petite pour une humaine, et elle pouvait bien avoir dans les quatre-vingts ans, ce qui mettait en principe un point final au scénario de l'aventure amoureuse, même si on voit parfois des choses étranges. Elle avait eu le temps d'ôter sa veste et de mettre un tablier. Un énorme chat blanc et noir se frottait à son bas.

– Bonjour madame Rollet, commença Gilbert, plus aimable qu'un marchand d'aspirateurs et avec le souci évident de ne pas l'effaroucher. Nous sommes les amis de cette personne, est-ce que par hasard vous la connaîtriez ?

Elle chaussa les lunettes accrochées à son cou par une chaînette.

– Oh, mais c'est M. Charles !

La réponse avait fusé dans la seconde, agrémentée

d'un joli sourire fripé. Elle leva les yeux et c'est comme si l'affection pour celui qu'elle appelait M. Charles s'était aussitôt reportée sur eux.

– Oui, bredouilla Gilbert, sans la corriger, c'est M. Charles. Vous le connaissez ?

Elle rit. Si elle connaissait M. Charles ! On lui demandait si elle connaissait M. Charles !

– Entrez, messieurs, je vous en prie.

Le logement était exigu et vieillot, mais propre. Le filet à provisions encore plein attendait sur une chaise. La vieille dame les fit asseoir à la table de la cuisine et leur servit deux verres de grenadine avec une assiette de petits-beurre. Elle mit à réchauffer pour elle une casserole de café sur la gazinière et s'en versa un bon quart de litre dans un immense bol décoré de la cathédrale de Westminster. Le chat avait bondi sur les genoux de Gilbert et lui faisait un numéro de séduction éhonté en se tortillant dans tous les sens pour trouver sa bonne position, ronronnant par avance aux caresses promises.

– C'est une chatte, dit Mme Rollet. Elle s'appelle Joséphine. Elle est très affectueuse.

– Je vois, grogna Gilbert.

– Allez-y, grattez-lui le ventre, grattez.

– Je gratte, répondit Gilbert, et il éternua.

Les animaux de compagnie leur étaient, à l'un et à l'autre, parfaitement inconnus, mais ils savaient combien les humains les chérissaient et il s'agissait de ne pas froisser Mme Rollet.

– Pourquoi M. Charles n'est-il pas venu dimanche dernier ? demanda celle-ci.

– Il a dû avoir un empêchement, répondit Jefferson.

Il revit les deux chaussures crème alignées sur le carrelage de *Défini-Tif*, les ciseaux, la tache rouge sur le tablier. Au fond, il ne mentait pas tant que ça : M. Charles avait eu un réel empêchement.

– Ses affaires, sans doute, continua la dame, Je comprends. Il m'a toujours dit qu'il ne fallait pas que je m'inquiète si un jour il ne venait plus. À cause de ses affaires justement. C'est pour ça qu'il me règle à l'avance le loyer de sa chambre. Toujours.

– Le loyer de sa chambre ?

– Oui, il a sa chambre ici, au premier. Oh, il ne l'occupe qu'une nuit par semaine, mais, depuis deux ans maintenant. Et c'est un monsieur tellement gentil. Alors, dites-moi, comment va-t-il ?

Gilbert fourragea de plus belle dans l'épaisse fourrure de Joséphine, ouvrit la bouche pour répondre, mais rien n'en sortit. En revanche, son nez s'était mis à couler et il éternua trois fois de suite. Jefferson, lui, faisait tourner son verre entre ses doigts, embarrassé comme il l'avait rarement été dans sa vie. La vieille dame les regardait tour à tour et attendait une réponse. Alors, Jefferson prit son courage à deux mains. Il leva les yeux vers elle et dit très doucement :

– Il… il ne va pas très bien.

7

Les vieilles gens ont peu de larmes mais cela n'enlève rien à leur chagrin. Mme Rollet s'était ratatinée sur sa chaise et elle n'en finissait pas de sangloter en pressant son mouchoir sur ses yeux, sa bouche, son nez. « Oh, pauvre M. Charles », gémissait-elle à chaque précision apportée par Jefferson dans son récit et elle redoubla de tristesse quand il évoqua Carole.

– Il l'adorait, il me montrait des photos d'elle. Oh, pauvre, pauvre M. Charles !

Elle raconta en hoquetant qu'il lui offrait souvent des échantillons de shampoing, de couleurs, de démêlant, qu'il lui avait même fait cadeau d'un sèche-cheveux à température variable pour Noël, elle pouvait le leur montrer. Ah, si seulement on pouvait arrêter l'assassin et l'enfermer à double tour, ce n'est pas elle qui lui apporterait des oranges !

– C'est justement pour cela *atcha !* pour cela que

nous sommes venus, Madeleine, pour l'arrêter. Est-ce que *atcha !*, est-ce que nous pourrions jeter un coup d'œil à la chambre de M. Ed... de M. Charles ? demanda Gilbert.

Jefferson s'étonna de ce « Madeleine » et de la soudaine familiarité de son ami, mais lorsqu'il se tourna vers lui, ce détail fut vite balayé par un autre, bien plus spectaculaire. Le volume de la tête de Gilbert avait augmenté d'un tiers et une quantité de petits boutons rouges commençaient à bourgeonner dessus. Ses yeux avaient pratiquement disparu sous les paupières gonflées, au point qu'on se demandait comment il pouvait encore y voir. Son nez coulait comme une rivière et il éternuait presque en continu.

– Je pense que tu devrais arrêter de tripoter cette bête, lui glissa Jefferson. Tu fais une allergie aux poils de chat.

La chambre de M. Charles était spartiate et le mobilier réduit au minimum : un lit à une place fait au carré, une armoire bon marché, un petit secrétaire sans aucun document dessus, une chaise, un lavabo. Le papier peint représentait des verres à sirop avec des pailles dedans. Il y en avait sur les quatre côtés de la pièce ainsi qu'au plafond. La fenêtre donnait sur le canal.

– Est-ce que vous me laisseriez regarder dans l'armoire ? demanda Jefferson.

Il avait pris les choses en main car Gilbert n'était

plus en état de se rendre utile, trop occupé à éternuer, à tremper ses manches en s'épongeant le nez et à repousser du pied une Joséphine définitivement amoureuse de lui.

– Si c'est pour l'enquête…, gémit la vieille dame, allez-y. Mais quand Jefferson ouvrit la porte et qu'elle vit le pardessus abandonné sur son cintre, ses pleurs redoublèrent.

– Pauvre, pauvre M. Charles.

Jefferson fouilla les poches du vêtement mais n'y trouva rien d'autre qu'un mouchoir et un étui à lunettes vide. Restait le tiroir du secrétaire. Il essaya en vain de l'ouvrir.

– Est-ce que vous auriez la clé de ce tiroir, madame Rollet ?

– Ah non, je ne l'ai pas. C'est M. Charles qui la garde, enfin, qui la gardait.

– Et vous en avez peut-être un double ?

– Non, je n'en ai pas. J'en ai un pour la chambre mais pas pour le tiroir.

Si Jefferson avait été seul, il n'aurait pas hésité à forcer la serrure, tant il avait envie de découvrir un indice qui aurait pu leur ouvrir une piste, même fragile, mais il ne pouvait pas faire cela devant la propriétaire. Il tenta de l'interroger sur les activités de M. Charles, hélas elle en ignorait tout. Il arrivait le dimanche soir, dînait avec elle, buvait une tisane et montait dans sa chambre. C'était leur rituel. Puis il disparaissait toute la journée du lundi, revenait en fin d'après-midi pour prendre son sac et repartir par le train de nuit. Il ne parlait jamais de ses affaires. De quoi parlaient-ils, alors ? De tout, de rien, de petites choses, elle ne savait plus, mais c'était agréable. Est-ce que quelqu'un lui avait rendu visite dans sa chambre, un jour ? Non, jamais. Est-ce qu'elle l'avait entendu téléphoner à quelqu'un, peut-être ? Non, elle n'écoutait pas aux portes !

Ils la remercièrent et promirent de repasser dans la semaine. La laisser seule avec son deuil leur coûtait, mais ils n'avaient plus rien à faire ici et il fallait bien rejoindre les Ballardeaux à l'hôtel *Majestic*.

Leur traversée de Villebourg fut tout sauf discrète.

– Qu'est-ce qu'ils ont à me regarder ? s'étonna Gilbert en constatant que toutes les personnes croisées se retournaient sur lui. J'ai une trace de dentifrice sur la joue, c'est ça ?

– C'est un peu plus grave que ça, porcelet. Jette un œil dans la vitrine, là.

D'abord, Gilbert ne se reconnut pas, puis il fit un bond en arrière, stupéfait.

– C'est moi, ça ?

L'œdème avait encore augmenté, les boutons s'étaient épanouis, ce qui le faisait maintenant ressembler à une variété inconnue de fraise géante. Beaucoup à sa place se seraient mis à pleurer, mais ce n'était pas le genre de Gilbert. Bien au contraire, ils finirent le trajet en se tordant de rire chaque fois qu'ils passaient devant le reflet du monstre.

Il était l'heure de dîner à l'hôtel *Majestic*, mais Gilbert refusa de se montrer aux autres dans cet état. Ils commandèrent deux sandwiches et regagnèrent directement leur chambre n° 108, au premier étage. Roland, alerté, ajouta d'abord son rire aux leurs, puis il se chargea de faire venir un médecin qui administra à Gilbert une piqûre salvatrice dans la fesse gauche.

Une heure plus tard, Elephant Man reposait sur son lit, un peu désenflé, tout à fait apaisé, et son manuel à la main.

– Tu le savais, ça, Jeff : si tu circules à 90 kilomètres heure, tu dois laisser 9 × 6 soit 54 mètres entre ton véhicule et celui qui te précède, et si tu roules à 110, tu dois…

Jefferson aussi était allongé sur son lit, de l'autre côté de la table de nuit, et il se moquait bien des distances de freinage. Il regardait le plafond, perdu dans ses pensées.

– Gilbert ?

– Oui.

– Peut-être qu'on fait fausse route. Peut-être que le meurtre de M. Edgar n'a rien à voir avec ici.

Gilbert laissa tomber son Code sur son ventre puis, au bout d'un long silence, et en prenant tout son temps, il tint ce discours :

– Vous avez peut-être raison, cher monsieur Bonnepatte, oui, vraiment, vous avez sans doute raison, sauf que, écoutez-moi bien : 1) un brave blaireau inoffensif est assassiné dans son salon de coiffure, au pays des animaux. 2) Une heure après le crime, un jeune hérisson manque d'être écrabouillé par une voiture qui fonce en direction de la frontière avec deux humains à bord. 3) On apprend que M. Edgar, c'est le nom de la victime, se rend chez les humains toutes les semaines depuis deux ans sans dire à personne, même pas à ses proches, pourquoi il le fait. 4) Au lieu d'y prendre la chambre d'hôtel qu'il pourrait largement s'offrir, il se loge incognito chez une petite dame à qui il se présente sous un faux nom : M. Charles. 5) Il envoie une carte postale à sa nièce sur laquelle il écrit à propos des humains : « ils peuvent aussi hélas… » et barre la phrase comme s'il en avait trop dit. J'en suis à combien là ? six ou sept ?

– À six, l'aida Jefferson.

– Alors, 6) sur cette même carte postale, il désigne sa cachette, de la pointe microscopique d'un feutre, et il faut l'œil acéré du jeune hérisson cité plus haut pour le remarquer. 7) Il ne dit pas un mot de ce qu'il fabrique ici, même pas à Mme Rollet, sa logeuse, il évoque seulement « ses affaires ». 8) Dans sa chambre, il ne laisse aucune trace d'aucune sorte qui pourrait conduire à lui, ni aux gens à qui il a affaire. Voilà, monsieur Bonnepatte, voulez-vous que je continue ? Je ne sais pas ce que vous en pensez, mais moi, je crois que M. Edgar, tout gentil coiffeur qu'il était, traficotait ici des choses secrètes, des choses dangereuses, et même si dangereuses qu'elles lui ont finalement coûté la vie.

Jefferson n'en revenait pas.

– Dis donc, c'est la crise allergique qui stimule ton cerveau ? Tu m'impressionnes. C'est pas chauffagiste que tu dois viser, c'est avocat international ou quelque chose comme ça.

N'empêche que les derniers mots de Gilbert lui avaient donné le frisson.

– Bon, reprit-il après un nouveau silence, en bref, il faut ouvrir ce tiroir, c'est ça ? Et je suppose que tu n'es pas très chaud pour retourner là-bas.

– En effet, bien raisonné. Tu embrasseras Joséphine pour moi et tu lui diras que je pense fort à elle.

– D'accord, j'irai tout seul, trancha Jefferson, et j'ouvrirai ce tiroir ! C'était quoi le programme Ballardeau pour la matinée ?

– Je crois qu'on loue des vélos pour visiter le parc et l'orangerie, un truc comme ça.

– Bon, eh bien, vous pédalerez sans moi.

Ils éteignirent la lumière, mais ni l'un ni l'autre n'arriva à s'endormir. Vers minuit, Jefferson appela doucement :

– Gilbert ?

– Oui.

– Dis-moi. Imaginons que tu aies caché quelque chose de précieux dans le tiroir d'un secrétaire. Qu'est-ce que tu fais ?

– Ben, je le ferme à clé.

– D'accord. Et que fais-tu de la clé quand tu t'en vas ?

– Je la mets dans ma poche.
– Et si tu ne veux pas la garder sur toi ?
– Je la cache dans la chambre.
– Où ?
– Je ne sais pas.
– Moi, je crois que je tirerais le secrétaire, j'enfoncerais un clou derrière, j'y accrocherais ma clé et je repousserais mon secrétaire contre le mur.

Au réveil, Gilbert eut une bonne surprise dans le miroir de la salle de bains. Sa tête avait repris un volume presque normal et ses paupières avaient complètement désenflé. Malgré ce mieux incontestable, il restait boutonneux et fit sensation dans la salle du petit déjeuner où les deux renardes, expertes en dermatologie, lui proposèrent plusieurs crèmes qu'il refusa. Jefferson déjeuna en quatrième vitesse, entendit à peine les encouragements de Gilbert et fila.

Il courut jusqu'à la passerelle, heureux d'agir seul, pour une fois, et d'avoir eu, il l'espérait, une bonne idée. Cent fois dans la nuit, il avait passé en imagination sa main entre le dos du secrétaire et le mur, cent fois ses doigts avaient buté sur le clou et cent fois il s'était écrié : « Bingo ! »

Mme Rollet sembla heureuse de le revoir si tôt. Elle le fit asseoir dans la cuisine et, comme la veille, il dut boire un verre de grenadine et grignoter quelques petits-beurre tandis qu'elle se versait à nouveau un grand bol de café. Elle devait en boire des litres. Joséphine dormait en boule sur sa couverture, indifférente.

– Est-ce que votre ami va mieux ?

– Beaucoup mieux, rassurez-vous. Le médecin est venu et il lui a fait une piqûre. Tout va bien. Figurez-vous que dans la nuit, j'ai pensé…

– Moi, je n'ai presque pas dormi, je me rappelais tous ces bons moments passés avec M. Charles. Il va me manquer, oh oui, il va me manquer…

– Je comprends, madame Rollet. Oui, je me suis donc dit, cette nuit, que peut-être…

– Un dimanche soir, je lui avais préparé un soufflé au fromage et vous savez qu'un soufflé n'attend pas. Je regarde l'heure : huit heures, pas de M. Charles, huit heures et quart, toujours pas de M. Charles, et mon soufflé qui commence à descendre ! Vous imaginez mon impatience…

Et la mienne ! pensa Jefferson, qui bouillait, et il se leva pour couper court. Mais il dut écouter jusqu'au bout l'histoire du soufflé.

– Au fait, s'exclama soudain la vieille dame en se levant et en plongeant la main dans la poche de son tablier, cette nuit, je me suis dit que M. Charles avait peut-être caché la clé du tiroir dans sa chambre. J'ai réfléchi un bon moment. Où est-ce que je l'aurais cachée, moi, si j'avais eu à le faire ? Et il m'est venu une idée. Alors, je me suis levée et j'y suis allée, dans sa chambre. J'ai passé ma main entre le secrétaire et le mur, et vous savez quoi ? Elle y était, la clé ! Accrochée à un clou. Il fallait y penser, non ? Ça vous intéresse toujours ?

Ils montèrent ensemble. Le soleil filtrait à travers les rideaux et baignait la chambre d'une lumière dorée. Une péniche passait sur le canal. On ne pouvait pas imaginer décor plus paisible.

Jefferson fit tourner la petite clé en laiton dans la serrure du tiroir. Celui-ci était vide. Il le fit tout de même glisser jusqu'au bout, le sortit de son logement, le retourna. Puis il passa sa main dans la cavité, en explora les côtés, le plafond, jusqu'à ce que ses doigts rencontrent un mince relief. C'était un papier de quelques centimètres de côté, plié en deux et scotché au bois. Il le décolla, le déplia. Dix chiffres y étaient écrits à la main, le premier était un 0 et le deuxième un 7. Cela ressemblait à un numéro de téléphone portable. Rien de plus. Mais peut-être était-ce déjà beaucoup. En tout cas, ce numéro était suffisamment important pour que M. Edgar ait pris la précaution de le cacher avec soin. Cela signifiait aussi qu'il ne l'avait noté nulle part ailleurs, sans doute parce qu'il était dangereux de le garder sur soi.

Tandis qu'il rangeait le papier dans son portefeuille, Jefferson eut l'impression que M. Edgar était apparu à côté de lui, tel un petit fantôme timide. Il ne portait pas sa blouse de coiffeur, mais son pardessus.

Il se tenait là, tout simplement, et regardait le jeune hérisson avec tristesse. Ses yeux semblaient dire :

Est-ce que ce petit bout de papier vous suffira? Mais aussi : *Soyez prudents. C'est dangereux, vous savez...*

Jefferson glissa le portefeuille dans sa poche. *Ne vous en faites pas, monsieur Edgar, Gilbert et moi, on ne vous laissera pas tomber.* Il se sentit investi d'une mission, et cela lui inspirait autant de fierté que de peur.

Le beau temps s'était maintenu et Jefferson sourit en imaginant le folklorique peloton des Ballardeaux pédalant dans le parc. Il était encore temps de les rejoindre, mais il préféra déambuler un peu dans les rues de la ville. Était-ce la solitude ? En tout cas, il remarqua plus que jamais que certains humains le considéraient avec amusement, quand ce n'était pas avec un air moqueur. Les enfants en particulier ne se gênaient pas pour le dévisager. Il faisait la même taille qu'eux et sa tête de hérisson devait leur plaire. L'un d'eux demanda même à voix haute :

– Il a un masque, le garçon ?

Et sa mère, gênée, l'entraîna plus loin. Il croisa aussi plusieurs personnes qui tenaient leur chien en laisse, cela le mit mal à l'aise et il évita de regarder.

8

L'après-midi Ballardeau était consacré à la visite d'une fabrique de macarons située à une vingtaine de kilomètres de la ville. Roland les y conduisit avec son car, dans lequel il avait fallu hisser Mme Schmitt, car celle-ci avait chuté de son vélo, dans le parc, en roulant sur un tuyau d'arrosage. Elle portait un énorme bandage au genou droit, souffrait terriblement mais ne voulait en aucun cas rester seule à l'hôtel. Ils se mirent à quatre pour réaliser la manœuvre, dirigés par Walter qu'on découvrit à l'occasion bien plus attentionné avec son épouse qu'on aurait pu le croire. « Ça va, chérie ? » lui demandait-il à chaque instant et il veillait sur elle en réprimandant les porteurs : « Doucement, les gars, doucement… »

À la fabrique de macarons, ils eurent le droit de confectionner eux-mêmes les fameux petits gâteaux. Ils enfilèrent tous un tablier de cuisine et suivirent les instructions du pâtissier. Rien de tel qu'une activité commune pour créer des liens, et la bonne humeur était générale tandis qu'ils préparaient la ganache, malaxaient la pâte et maniaient la poche à douille. Les deux renardes avouèrent qu'elles ne cuisinaient jamais à la maison et que c'était trop amusant. Le chat, curieusement, faisait tout avec un léger décalage, l'air plus paumé que jamais. Mme Schmitt suivait tout cela depuis sa chaise, espérant sans doute qu'elle pourrait au moins profiter de la dégustation finale.

Jefferson, qui adorait faire des gâteaux, parvenait de temps en temps à oublier son enquête, mais cela ne durait que quelques minutes. Sans cesse, son esprit revenait à ce numéro de téléphone blotti dans son portefeuille. Qui était caché là derrière ? Qui répondrait ? Et que dire ?

Ils étaient en train d'enfourner leurs macarons quand Clarisse, la poule qui avait posé quatorze mille questions sur la fabrication des pantoufles, se glissa entre eux. Elle semblait tout émoustillée.

– C'est l'anniversaire de mariage de M. et Mme Perlier, murmura-t-elle, leurs noces d'argent. Je veux bien me charger de leur trouver un petit cadeau. Est-ce que vous participeriez ?

– C'est qui ? demanda bêtement Gilbert.

– Ce sont les deux écureuils.

Elle avait sympathisé avec le couple et trouvait que ce serait gentil de leur offrir quelque chose à cette occasion.

– Mais bien sûr ! approuvèrent les deux compères et ils lui glissèrent chacun un billet.

À la fin de l'après-midi, tous purent emporter leur production dans d'élégantes petites boîtes, mais on avait à peine parcouru cinq kilomètres sur le chemin du retour que les deux renardes avaient déjà vidé la leur et s'en vantaient à tout le monde. L'une et l'autre étaient minces comme des fils de fer et pouvaient avaler n'importe quoi sans prendre un seul gramme, ce qui exaspérait Mme Schmitt et quelques autres dames rondelettes.

Le car longeait une rivière et Roxane raconta au micro les crues, les écluses, les scieries, puis on traversa une zone industrielle moins attrayante. Le chat, qui n'avait pas quitté sa place du fond depuis le début du voyage, photographiait tout, comme à son habitude. Roxane se rassit. Ils roulèrent un moment dans le silence puisque Roland avait eu la bonne idée, pour une fois, d'oublier la radio.

– C'est quoi, ce truc ? demanda soudain Walter Schmitt, en désignant sur leur gauche une longue construction aux murs grisâtres, au bord de l'eau. Deux camions grillagés étaient garés devant.

– Oh, rien d'intéressant..., répondit Roxane dont la gêne n'échappa à personne.

– C'est-à-dire ? insista Walter Schmitt qui n'était pas du genre à se satisfaire d'à-peu-près.

– Oh, ce sont... ce sont les abattoirs de la ville.

Tous les yeux se tournèrent vers le bâtiment et le scrutèrent jusqu'à ce qu'on le perde de vue. Personne ne fit de commentaire. Roland alluma la radio.

C'est après le dîner que la poule offrit leur cadeau au couple d'écureuils. Elle avait choisi un pot à eau en grès à la décoration épouvantable, il faut bien l'avouer, mais les vieux amoureux en furent à ce point bouleversés que l'émotion étreignit tout le monde, par contagion. On chanta *Joyeux Anniversaire*. Les deux écureuils pleurèrent, souhaitèrent à tous de connaître un amour comme le leur, s'embrassèrent, puis ils firent le tour de la salle pour embrasser tous les Ballardeaux, y compris ceux qui n'avaient rien donné. Jefferson, qui avait un cœur tendre, fut lui-même bien près de verser sa larme.

– Finalement, dit-il à Gilbert, ce voyage organisé, c'est pas si ringard.

Il eut aussi la surprise de recevoir un cadeau de la part de Simone. Elle s'approcha timidement et lui remit un petit sachet de pharmacie.

– Tenez, c'est pour vous. Comme vous étiez absent ce matin, j'ai demandé à votre ami et il m'a dit que vous étiez fatigué. Je suis sûre que c'est le foie. Alors voilà, c'est du radis noir, prenez-en une ampoule chaque matin pendant un mois et ça ira mieux.

Ils montèrent dans leur chambre vers vingt et une heures seulement car le dîner s'était prolongé à cause de l'anniversaire. Jefferson s'assit sur le bord de son lit, ouvrit son portefeuille, en sortit le papier plié en deux et le passa à Gilbert.

– Voilà, mon pote. On est arrivés à ça après trois jours d'enquête : un numéro de téléphone.

Gilbert s'assit à côté de lui, pensif.

– Je me demande vraiment ce que M. Edgar fabriquait ici. Est-ce que tu en as la moindre idée, toi ?

– Pas la moindre, répondit Jefferson, et c'était la stricte vérité.

Ils avaient définitivement exclu l'aventure amoureuse. Non, M. Edgar n'avait pas de vie cachée. Ils avaient pensé à une affaire politique, mais le brave coiffeur n'était pas un homme engagé, ou alors il le cachait bien. Financière, alors ? Non plus. Rien dans son comportement ne trahissait le goût de l'argent. Il vivait de peu et semblait très bien s'en contenter. Ils avaient pensé au trafic de drogue, mais rapprocher les mots « M. Edgar » et « trafic de drogue » n'aboutissait à rien d'autre qu'à les faire éclater de rire. On imaginait mal le paisible coiffeur de *Défini-Tif* traiter avec le cartel de Medellín entre deux permanentes. Restaient ces dix chiffres griffonnés sur un bout de papier et le mystère absolu caché derrière.

– Tu ne peux pas te servir de ton portable, rappela Gilbert, sinon tu seras localisé, tu vas donc utiliser le mien pour appeler.

– Pourquoi moi ? riposta Jefferson.

– Eh bien, parce que tu es un peu concerné, quand même. Je te rappelle que je ne suis accusé de rien, moi, et qu'à cette heure, je devrais être en train d'apprendre à installer un thermostat d'ambiance et pas à rater des macarons.

Jefferson dut se rendre à l'évidence : c'était bien à lui d'agir. Seulement, beaucoup de questions se posaient. La première était de savoir comment se présenter à la personne qui répondrait. Comment surtout ne pas se faire raccrocher au nez, car si c'était le cas, le mince espoir de découvrir quelque chose sur les assassins de M. Edgar serait anéanti.

Gilbert alla se brosser les dents, Jefferson fit de même pour gagner un peu de temps, puis ils s'assirent à nouveau sur le lit et tâchèrent d'élaborer une stratégie. Gilbert proposa de s'entraîner en faisant *comme si*. Jefferson jouerait son propre rôle, et lui, celui du correspondant. C'était en principe une très bonne idée, mais dès la première tentative, Gilbert ne put s'empêcher de faire l'imbécile. Il répondit :

– Oui, ici Mme Kristiansen, que puis-je pour vous ? en prenant la voix bêlante de la chèvre, à la suite de quoi, il passa un quart d'heure à se tordre de rire sur la moquette.

Il était presque dix heures quand Jefferson se sentit enfin prêt à appeler.

– C'est pas un peu tard, quand même ?

– Non ! s'agaça Gilbert. Mets le haut-parleur et vas-y ! Maintenant !

Il composa lentement les dix chiffres, l'estomac douloureux. La sonnerie paraissait très lointaine et fragile. Ils attendirent jusqu'à la huitième et Jefferson allait couper la communication, plus soulagé que déçu, quand une voix féminine se fit entendre :

– Oui ?

Jefferson récita son texte :

– Bonsoir, madame. Je m'appelle Jefferson, je suis un ami de M. Edgar. C'est lui qui m'a donné votre numéro et…

– … je ne connais pas de M. Edgar. Désolée. Bonsoir.

– Attendez ! C'est M. Charles en fait, M. Charles, vous le connais…

– … je ne connais pas de M. Charles non plus. Bonsoir.

La tonalité retentit deux fois puis ce fut le silence.

– Et voilà, dit Gilbert.

– Et voilà, dit Jefferson.

Le pire des scénarios venait d'arriver. Ils se retrouvaient au point zéro et même un peu en dessous puisqu'ils avaient aussi perdu l'espoir.

– J'aurais peut-être dû m'y prendre autrement…, commença Jefferson.

– Non, non, c'est pas ta faute, le consola Gilbert. Tu as été parfait. Elle ne t'a laissé aucune chance. Et si on descendait boire un verre au bar ? Ça ne sert à rien de se coucher, on ne pourra jamais dormir après tout ça.

L'idée d'aller boire un verre au bar d'un hôtel donna à Jefferson la sensation d'être dans un roman policier, sauf qu'il ne se sentait pas les épaules pour. Est-ce qu'il serait obligé de boire un whisky, ce truc dégoûtant qui avait le goût d'un remède ?

Ils sortaient de la chambre quand le portable de Gilbert, resté sur la table de nuit, se mit à sautiller sur place et à vibrer. Jefferson se rua sur lui.

– Oui.

– Bonsoir. C'est encore moi. Excusez pour tout à l'heure. Je vous ai presque raccroché au nez.

– Non non, je vous en prie…

– Je voudrais tout de même vous poser une question avant de continuer. Pour vérification. Ne le prenez pas mal.

– Mais non, dites-moi.

Gilbert s'était aussi précipité et mimait à grands gestes : « Le haut-parleur ! Le haut-parleur ! »

– Voilà, reprit la voix amplifiée, M. Edgar avait une nièce. Comment s'appelle-t-elle, s'il vous plaît ?

– Elle s'appelle Carole, répondit Jefferson avec la célérité d'un candidat de jeu télévisé. Oui, Carole.

Il avait gardé assez de réflexes pour noter l'imparfait utilisé par la personne à propos de M. Edgar : il *avait* une nièce. Cela supposait donc qu'elle était au courant de sa disparition.

– Bien, continua-t-elle, et sa voix s'était adoucie, vous êtes donc vraiment un proche de M. Edgar. Nous pouvons nous parler. Qui êtes-vous, en fait ?

Et vous ? eut envie de répliquer Jefferson, mais il ne voulait pas compromettre leur bonne entente tout juste instaurée. Sauf qu'il est toujours difficile de dire en quelques mots qui on est.

– Eh bien, je suis…

À côté de lui, Gilbert s'était mis à s'agiter. Pour l'aider, il montrait son groin en grimaçant, désignait le museau de Jefferson et ses oreilles pointues.

– Ah oui, bien sûr, reprit celui-ci, je suis un hérisson. Je viens du pays des animaux. Et mon ami est un cochon, parce que oui, nous sommes venus à deux et nous…

– … vous voulez dire que vous êtes ici, en ville ?

– Oui, nous sommes à l'hôtel *Majestic*. Nous aimerions vous parler.

La voix marqua un temps :

– Vous faites partie d'un voyage organisé ?

– Oui, c'est ça.

Il y eut un silence, puis :

– Est-ce qu'il y aurait par hasard dans votre groupe un monsieur sanglier un peu…

– … lourd ? l'aida Jefferson comme elle hésitait sur le terme. Oui, tout à fait. Vous nous connaissez ?

– C'est possible. Et de quoi voulez-vous que nous parlions ?

– Eh bien, de M. Edgar, de ce qui lui est arrivé…

Il y eut à nouveau un silence.

– Bon, est-ce que vous connaissez le *Blue Note* ?

– Le… ?

– Le *Blue Note*, c'est un bar *jazzy* dans la vieille ville. Demandez, tout le monde connaît. Dans une demi-heure, ça vous convient ?

Gilbert approuvait à grands coups de tête et cherchait déjà son blouson.

– C'est parfait, nous y serons. Et euh… comment on fera pour vous reconnaître ?

– Ne vous en faites pas, je vous reconnaîtrai, moi. Ah oui, au fait, comment avez-vous eu mon numéro de téléphone ?

Jefferson décida de jouer cartes sur table.

– Nous l'avons trouvé dans la chambre de M. Edgar, chez Mme Rollet… Oh, c'est un peu compliqué…

– Bien, vous m'expliquerez tout ça au bar. À tout à l'heure.

9

En marchant vers le *Blue Note* à travers les ruelles mal éclairées de la vieille ville, Jefferson ne se sentait plus comme dans un roman policier mais carrément comme dans un film. Lorsqu'il aperçut le reflet de sa chétive silhouette de hérisson dans la vitre d'une boutique, il se demanda cependant si la production n'avait pas fait une grave erreur de casting.

– Tu penses qu'ils vont nous laisser entrer ? s'inquiéta-t-il.

– Oui, on est mardi, ça doit être calme. Si on était samedi, ce ne serait même pas la peine d'essayer.

Gilbert avait raison, on les laissa passer sans difficulté et ils montèrent l'escalier bancal qui conduisait au premier étage. Le *Blue Note* n'avait rien de vraiment *jazzy* sauf le piano sur lequel s'ennuyait un grand type coiffé d'un chapeau, et quelques vieilles affiches de musiciens noirs accrochées aux murs. L'ambiance était assez tristounette, à vrai dire. Une dizaine de personnes étaient affalées sur les sièges ou assises au bar sur des tabourets.

Ils s'avancèrent, un peu intimidés. Ni l'un ni l'autre n'avaient l'habitude de ce genre d'établissement et, surtout, il n'y avait là que des humains. Le barman leur lança un bonsoir accueillant et les invita d'un geste à prendre place à une table. Ils allaient le faire quand une voix juvénile, venue de derrière eux, les interpella :

– C'est moi que vous cherchez je suppose, messieurs ?

Ils firent volte-face et leurs deux bouches s'ouvrirent en grand. La jeune femme était assise dans un renfoncement mal éclairé, mais l'explosion orange de ses cheveux ne laissait aucun doute : Roxane ! Elle rit de voir leurs deux mines ahuries.

– Surprise ! Voyez, je vous ai reconnus ! Pas difficile.

À peine furent-ils installés que le serveur arrivait. Il passa un chiffon sur la table basse et alluma une bougie.

– Messieurs dames ?

– Je prendrai un whisky, dit Roxane.

– Un whisky pour moi aussi, fit Gilbert.

– Un cacao, s'il vous plaît, demanda Jefferson.

Ils restèrent silencieux, le temps que le serveur s'éloigne. La situation était pour le moins inattendue.

– Sacrée coïncidence ! commença Roxane. Je suis curieuse de savoir comment vous connaissiez M. Edgar. Vous étiez amis avec lui ?

– Oh, répondit Jefferson, nous n'étions pas vraiment amis. J'étais son client, en fait. J'allais me faire coiffer chez lui depuis des années. Et Gilbert y est allé aussi quelquefois, hein Gilbert ?

Gilbert approuva.

– Vous êtes au courant de ce qui lui est arrivé ? continua Roxane.

Ils opinèrent tristement tous les deux.

– Et vous savez pourquoi ils lui ont fait ça ?

Ils secouèrent tous les deux la tête en signe d'ignorance. C'était une conversation étrange entre personnes qui ne se connaissaient pas et ne savaient trop par où commencer. Une sorte de jeu de cache-cache.

– Et vous, s'enquit Gilbert, vous connaissiez M. Edgar de quelle façon ? Vous êtes... dans la coiffure ?

– J'ai l'air ? demanda Roxane en montrant ses cheveux en pétard, et elle éclata de rire. Disons que nous partagions le même engagement.

Ils patientèrent, mais elle n'était pas décidée à en dire plus pour l'instant. Le serveur leur apporta les consommations. Elle attendit qu'il reparte pour continuer :

– J'aime bien votre groupe. Je trouve qu'il y a une ambiance agréable. Ce n'est pas toujours le cas.

– Nous aussi, nous vous apprécions ! lança Gilbert comme un cri du cœur. Et c'est unanime !

Du coup, ils trinquèrent. Jefferson fit tinter sa tasse

contre les deux verres de whisky, puis il proposa d'en venir à ce qui les intéressait vraiment. Il voulait bien raconter en premier, en commençant par le début, sans quoi ils ne s'en sortiraient jamais.

– Voilà, la semaine dernière, j'ai voulu aller me faire coiffer à *Défini-Tif*.

– Tu as voulu aller te faire *rafraîchir la houppette*, précisa Gilbert, un sourire aux lèvres.

– Oui, bon, qu'importe, je pars à pied et, sur la route, je manque de me faire écraser par...

Il raconta tout : la voiture avec les deux humains, les ciseaux plantés dans la poitrine de M. Edgar, sa fuite, la visite chez Carole, la carte postale, le voyage organisé, la vieille Mme Rollet, le numéro de téléphone...

Roxane écouta avec la plus grande attention et, quand il eut terminé, elle passa la main dans son sac et en tira une photo qu'elle posa sur la table basse. Ils n'eurent pas besoin de regarder de près pour reconnaître le corps de M. Edgar, allongé sur le carrelage de son salon de coiffure. Jefferson sursauta.

– Mais qui a fait cette photo ? Les ciseaux sont encore dans la blessure, et c'est moi qui les ai enlevés.

– Ce sont les mêmes personnes qui ont tué et fait la photo, dit-elle. Et ce sont sans doute ces deux mêmes personnes qui en ont déposé des copies dans toutes nos boîtes aux lettres. Pour nous intimider. Pour nous terroriser plutôt. Et, le pire, c'est qu'ils ne sont pas loin d'y arriver.

BLUE
NOTE

– Vos boîtes aux lettres… de qui ? demanda maladroitement Gilbert.

Cette fois, on y était. Ils allaient enfin comprendre.

– Vous ne savez rien de l'activité de M. Edgar chez les humains ? Vraiment ?

Les deux secouèrent la tête.

– Non, rien.

Elle but une gorgée de whisky, laissa passer quelques secondes.

– M. Edgar militait depuis plusieurs années contre l'élevage, le transport et l'abattage industriel des animaux de boucherie. Comme moi. Nous sommes quelques centaines de personnes actives dans le pays. Nous filmons en cachette dans les abattoirs pour que les gens sachent comment ça se passe vraiment derrière les murs. C'est interdit et dangereux. Voilà pourquoi nous prenons toutes ces précautions. C'est moi qui lui ai trouvé cette chambre chez Mme Rollet. Pour elle, il était M. Charles. Il changeait de nom régulièrement.

Jefferson avait déjà entendu parler de ces films terribles à regarder que des jeunes gens parvenaient à faire dans les abattoirs, à leurs risques et périls, pour dénoncer l'horreur.

– Mais M. Edgar était trop vieux pour escalader les murs, filmer, s'enfuir au cas où…

– Bien sûr. Il ne faisait jamais ça.

– Mais que faisait-il, alors ?

– M. Edgar était à la tête du réseau qui opère dans

tout le pays, soit huit cents personnes environ. Il dirigeait, coordonnait, organisait, décidait. Il venait ici toutes les semaines pour rencontrer les bénévoles, les encourager, leur donner des conseils. Sa base informatique était là-bas, chez vous, par mesure de précaution, mais il tenait à nous voir régulièrement et *en vrai*. Il était notre chef mais beaucoup plus que ça, en réalité. Je dirais qu'il était un peu notre papy.

Elle se tut, but encore une gorgée.

– Et euh… tu connais les deux types qui ont failli écraser Jefferson ? demanda Gilbert, prenant la liberté de tutoyer Roxane. C'est peut-être eux les assassins de M. Edgar.

– Oh oui ! dit-elle, je ne les connais que trop. Ce sont deux hommes de main. Ça veut dire deux tueurs, en bon français. Le grand maigre s'appelle Mackie et le costaud s'appelle Fox. Tu ajoutes leurs deux QI et tu arrives à celui d'une brosse à chaussures.

– Mais qu'est-ce qu'ils avaient contre M. Edgar ?

– Eux, rien du tout. Ils s'en fichaient bien, de M. Edgar. Pour eux, il était juste un contrat à exécuter, c'est le cas de le dire.

– Un contrat ?

– Oui, une commande de la Société des abattoirs, je suppose, ou ça peut même venir de plus haut, dans l'industrie de la viande. Difficile à vérifier. Ce n'est pas le genre d'information qu'on trouve dans les journaux…

La photo de M. Edgar était restée dans sa main. Elle la glissa tristement dans son sac.

– Je l'aimais beaucoup. Il se moquait de moi à cause de mes coiffures. Parce que j'en change tous les deux mois. Je m'amuse avec les couleurs, tout ça. Il me disait toujours que le rêve de sa vie était qu'un jour j'aille chez vous, là-bas, que j'entre sans m'annoncer dans son salon et que je lui demande de me coiffer comme il le voudrait. Je serais sans doute ressortie en ressemblant à ma mère, mais ça m'aurait amusée. Je l'aurais fait. J'allais le faire.

Elle se tut. Ses yeux s'étaient embués.

Jefferson revit le gentil et paisible blaireau de *Défini-Tif*.

– Bonjour, monsieur Jefferson. Installez-vous. Carole va vous faire le shampoing. Ce sera quoi aujourd'hui pour vous ? Juste la houppette ou bien la coupe de printemps ?

Sa gorge se serra. Il repoussa sa tasse de cacao et tendit la main en direction du verre de Gilbert :

– Je peux boire une lampée de ton whisky, s'il te plaît ?

10

À la réception de l'hôtel *Majestic*, un présentoir à journaux était mis à la disposition des clients et, en descendant au petit déjeuner, les animaux eurent la bonne surprise d'y trouver *La Trompette*. Elle datait certes de la veille, mais ils se précipitèrent dessus, curieux d'avoir des nouvelles du pays. L'affaire *Défini-Tif* faisait toujours la une. Mme Hild, l'épouse blaireau, fut la plus vive et, compte tenu de l'actualité, on lui laissa volontiers le privilège de la découvrir en premier.

– Écoutez, dit-elle d'une voix que l'émotion faisait trembler : *En dépit de la présomption d'innocence qui doit prévaloir, la culpabilité de J B de la P, hérisson, ne fait plus guère de doute et beaucoup considèrent que sa fuite est un aveu. Quant à Mme Kristiansen, chèvre et témoin principal du drame, elle confirme et renforce ses premières déclarations (voir ci-dessous). Les funérailles de*

M. Edgar, *blaireau, auront lieu demain et nul ne doute, compte tenu de la…*

Prononcer le nom de M. Edgar lui noua la gorge et l'empêcha d'aller plus loin. Son mari prit le relais :

– *Nul ne doute, compte tenu de la grande estime dont il jouissait dans notre ville, que l'assistance sera nombreuse.*

Puis il passa à l'encadré et à Mme Kristiansen dont les témoignages quotidiens étaient devenus un véritable feuilleton.

– *Je voulais fuir, mais il me barrait le passage vers la porte, les ciseaux ensanglantés à la main. Il a hurlé que c'était mon tour, il m'a traitée de « vieille bique », de « vieille carne », et il s'est jeté sur moi. Nous avons roulé par terre. Nous nous sommes battus au corps à corps. Je l'ai mordu. Je le voyais de près, il avait le diable dans les yeux. Je ne sais pas comment j'ai réussi à lui échapper.*

La poule Clarisse, qui se trouvait à côté de Jefferson, lui souffla :

– Ça doit vous faire un drôle d'effet de savoir que l'assassin est… un hérisson, enfin je veux dire… quelqu'un comme vous.

Il haussa les épaules, fit une moue désolée, mais se garda bien d'ouvrir la bouche, d'abord parce qu'il n'avait aucun commentaire à apporter et surtout parce qu'il venait d'absorber une des ampoules de radis noir offertes par Simone et que, d'après Gilbert, ça lui donnait l'haleine de quelqu'un qui vient de manger ses chaussettes.

La conversation s'était prolongée tard au *Blue Note*.

Vers une heure du matin, Hugo, le compagnon de Roxane, était venu les rejoindre et ils avaient évoqué longuement la mémoire de M. Edgar. Hugo avait expliqué qu'à leur avis, on l'avait exécuté chez lui, chez les animaux, parce que les commanditaires se fichaient royalement des enquêtes faites là-bas, alors qu'ici, à Villebourg, c'était autrement risqué pour eux, même si la victime était un blaireau.

Ils avaient ensuite raconté comment ils s'y prenaient pour faire les vidéos clandestines dans les abattoirs. Hugo en avait réalisé quelques-unes, la première en se faisant embaucher pour six mois dans le personnel, les autres en s'introduisant en cachette dans les établissements. Roxane en avait fait plusieurs aussi.

– Tu as le cœur qui bat fort, expliqua-t-elle. Tu sais que c'est interdit, illégal, mais tu sais en même temps que c'est pour la bonne cause, que c'est moral, que tu dois le faire. Depuis quelques mois, M. Edgar préparait avec nous une opération spectaculaire. Une trentaine de vidéos à réaliser dans tout le pays et à publier en même temps. Ça devait être un coup de tonnerre sur le Net. C'était programmé pour l'année qui vient. Mais il y a eu une fuite apparemment. Et voilà…

Jefferson avait écouté les deux jeunes gens et s'était senti tout petit face à leur courage. Il avait aussi éprouvé un brin de culpabilité. Après tout, c'est eux qui auraient dû être en première ligne, en tant qu'animaux, or ils laissaient à des humains toute la responsabilité du combat.

– Oui, grognait-il, alors qu'ils regagnaient le *Majestic* par les rues désertes, à deux heures du matin, c'est comme s'il y avait plusieurs catégories d'êtres vivants, tu vois, avec une hiérarchie bien claire. Tout en haut, les humains, pas peu fiers de leur supériorité. En dessous, il y a nous, que les humains regardent de haut, mais bon, on a la parole, on peut se défendre, un peu. En dessous encore, les animaux de compagnie, qui n'ont pas la parole mais que les humains ont choisis, à qui ils donnent des noms et qu'ils protègent. Et en dessous, tout en bas, il y a la sous-catégorie des animaux d'élevage, des animaux de boucherie, quoi… Et alors là, mon ami, ça craint !

De rage, il avait donné un coup de pied dans une poubelle métallique. Dans le silence de la nuit, ça avait résonné fort et Gilbert avait dû le modérer.

– Arrête, Jeff, on va s'attirer des ennuis. C'est fou, ça. Une gorgée de whisky et tu te sens plus ! Et n'oublie pas que nous sommes ici pour retrouver les assassins de M. Edgar, pas pour changer la société !

Les Ballardeaux avaient quartier libre toute la journée du lendemain. Roxane fit tout de même une apparition au petit déjeuner pour les saluer et leur conseiller des boutiques où ils ne se feraient pas trop arnaquer en achetant leurs souvenirs. Elle proposa même d'accompagner ceux qui ne se sentaient pas assez sûrs d'eux.

Jefferson et Gilbert sortaient de l'hôtel quand ils

entendirent quelqu'un qui trottait derrière eux pour les rattraper.

– Est-ce que je peux me joindre à vous ? Si ça vous ennuie, dites-le-moi franchement, mais comme je suis toute seule… Vous savez, on n'a pas envie de se faire importuner en ville…

Simone, car c'était elle, attendit à peine qu'ils l'assurent que « oui, bien entendu, c'était avec plaisir », que déjà, elle s'était glissée entre eux deux, avait saisi leurs bras et s'y était accrochée. Ses chaussures de marche et son sac à dos indiquaient sa ferme intention d'arpenter la ville pendant des heures.

– Oh, vraiment, merci ! Où comptez-vous aller faire vos emplettes ? Je ne veux rien vous imposer.

– À vrai dire, bafouilla Gilbert, nous n'avons rien de précis en tête et…

Elle était grande et mince, ses deux longues oreilles tristes tombaient sur ses épaules. Gilbert lui arrivait aux aisselles et Jefferson à la hanche. Le trio ne passerait pas inaperçu en ville.

– Moi, j'aimerais beaucoup trouver des petits aimants pour décorer la porte de mon frigo, dit-elle, et une râpe à légumes. Je vis seule, vous comprenez, et je me prépare souvent des crudités.

– Ah, fit Gilbert, ça devrait se trouver facilement tout ça.

Ni l'un ni l'autre n'osait lui dire la vérité : « Vous savez, chère Simone, vous nous êtes très sympathique, mais en ce moment nous nous intéressons assez peu aux râpes à légumes. En fait, nous sommes plutôt sur les traces de deux assassins. »

Elle les entraîna dans plusieurs quincailleries, mais les râpes ne lui convenaient jamais et ils finirent par renoncer. Vers onze heures, ils se mirent en quête des aimants, et ils eurent plus de chance. Elle en trouva un qui représentait la *skyline* de Villebourg et elle l'acheta aussitôt, puis elle insista pour leur en offrir un à chacun.

– C'est pour mes vaillants gardes du corps ! expliqua-t-elle.

Ils commençaient à chercher une terrasse pour déjeuner au soleil quand Jefferson pila en plein milieu du trottoir, avant de se précipiter dans l'entrée d'un magasin de chaussures.

– Qu'est-ce qui te prend ? demanda Gilbert. Tu veux t'acheter des tatanes ?

Jefferson gardait les mains collées au corps, mais son menton désignait frénétiquement l'autre côté de la rue.

– *Krriiiiiiiiiiiiiiihh ! Grüüüüük ! Frêêêêêh !* Les zeux mudains ! Les meuh duzains !

– Qu'est-ce que tu dis ?

– Les deux humains ! Là !

Il ne fallut qu'un coup d'œil à Gilbert pour les repérer aussi. Jefferson les lui avait suffisamment décrits. Le grand à la tête rasée était en train de gratter le ticket d'un jeu de hasard sur le comptoir d'un bureau de tabac. On le voyait bien à travers la vitre. L'autre,

CHAUSSURES

avec son bonnet de laine et son torse athlétique moulé dans un t-shirt noir, l'attendait à l'extérieur, une clope à la main.

– Tu es sûr ?

Jefferson tremblait des pieds à la tête.

– Oui. C'est eux.

Simone, qui les avait rejoints, s'étonna de voir un de ses gardes du corps dans cet état.

– Oh, mon Dieu, que lui arrive-t-il ?

– C'est rien, la rassura Gilbert. Il vient de voir deux vieux amis perdus de vue depuis longtemps et ça lui fait un choc.

– Je vois ça, dit-elle. Il est particulièrement sensible. J'aime ça, chez un homme, vous savez, la sensibilité.

Jefferson s'agitait de plus en plus. On aurait dit qu'il allait s'évanouir.

– Gilbert, regarde. Ils s'en vont !

Le grand maigre était en effet sorti de la boutique, sans rien avoir gagné vu son air mauvais, et les deux s'éloignaient déjà à bonne allure.

– On les tient, hérisson ! souffla Gilbert. Reste avec Simone. Moi, je les suis !

Jefferson n'eut pas le temps de l'en empêcher. Il l'entendit murmurer « gé-nial » et le vit se faufiler entre les passants à la poursuite des deux meurtriers.

– Fais gaffe à toi ! lui cria-t-il de loin, et il eut au même moment la certitude qu'il n'aurait jamais dû le laisser partir.

Déjeuner avec Simone dans ces conditions s'avéra carrément surréaliste. Il eut le sentiment de se dédoubler. Une part de lui-même s'efforçait d'écouter la triste lapine et de lui faire la conversation avec civilité, l'autre part était aux côtés du malheureux Gilbert, sans doute déjà capturé par deux gaillards qui faisaient le double de sa taille et le triple de son poids, deux types capables d'enfoncer sans émotion une paire de ciseaux dans la poitrine d'un paisible coiffeur.

Simone, un peu grisée par un verre de vin blanc, ne tarda pas à dévoiler sa vie sentimentale, ses tentatives toujours déçues de trouver un compagnon de vie. La dernière semblait pourtant bien engagée. Elle avait correspondu longtemps avec un jeune homme lapin et tous les deux semblaient vraiment « en phase ». Ils avaient échangé des photos. Et puis, le jour du premier vrai rendez-vous, il n'était tout simplement pas venu…

– Eh oui, ce lapin vous en a posé un, quoi…, commenta Jefferson qui avait la tête ailleurs.

– Pardon ?

– Non, rien. Excusez-moi. Je voulais dire : c'est vraiment goujat de sa part.

– L'année dernière, j'ai aussi rencontré un professeur de contrebasse, commença-t-elle…

– … qui était peut-être davantage dans vos cordes, osa Jefferson, pas très fier de lui.

– Et vous, demanda-t-elle soudain, vous vivez seul ?

Mais je suis trop indiscrète, non ? Et surtout idiote, vous êtes peut-être… je veux dire… Gilbert et vous…

– Non, la coupa Jefferson, nous sommes juste amis, et il se rendit compte qu'il n'en pouvait définitivement plus.

– Et si nous rentrions ? proposa-t-il. Je me sens un peu fatigué pour tout dire.

– Le foie ! s'écria-t-elle. Avez-vous bien pris votre ampoule ce matin ?

Ils marchèrent encore une partie de l'après-midi, croisèrent le chat qui photographiait un parterre de fleurs dans un square, le couple de vieux moutons que Roxane aidait à acheter un plaid dans une boutique de souvenirs. Jefferson dut papoter avec eux, donner son avis sur la couleur, mentir à propos de l'absence de Gilbert. Dans sa poche, le portable restait désespérément muet.

Aussitôt rentré dans sa chambre, il fit le numéro de Roxane, et tant pis si on risquait de le repérer. Elle répondit aussitôt et le ton de sa voix disait le plaisir qu'elle avait à lui parler.

– Oh, Jefferson ! Ça va ? Je t'ai senti inquiet tout à l'heure. Il s'est passé quelque chose ?

– Oui, Roxane, il s'est passé quelque chose…

Selon elle, il fallait attendre patiemment que Gilbert donne signe de vie. En tout cas, il n'y avait pas encore de quoi s'affoler. Elle le rassura comme elle put et le laissa avec la promesse de le rappeler dans la soirée. Malgré ces encouragements, Jefferson demeura prostré dans sa chambre, incapable de lire ni de regarder la télévision. Sur la table de nuit, côté Gilbert, reposaient le Code de la route et *Seul sur le fleuve*, lu jusqu'à la page 4. La fin d'après-midi lui sembla interminable.

Le dîner fut l'occasion pour les Ballardeaux d'échanger sur leurs achats de la journée. « Qu'avez-vous trouvé ? » se demandaient-ils les uns aux autres et ils se montraient leurs trésors. Jefferson, morose, s'était joint aux deux écureuils et à la poule Clarisse, et il pensait : *Moi, je n'ai rien trouvé, bien au contraire, j'ai tout perdu. Je suis nul.* Et quand Roland vint lui demander où était passé son cousin, il faillit éclater en sanglots. Il se reprit à temps et expliqua que Gilbert était tombé sur des amis, qu'il passait la soirée avec eux, qu'il s'excusait d'avoir lâché le groupe pour un soir.

Au dessert arriva cependant un de ces petits riens qui vous ravigotent alors que tout va mal. C'est souvent peu de chose, mais vous en avez aussitôt le cœur plus léger. M. et Mme Hild, les deux blaireaux, qui ne lui avaient pas adressé la parole depuis le départ du voyage, s'approchèrent timidement et lui demandèrent s'ils pouvaient s'asseoir une minute près de lui. Ils désiraient lui parler.

– Voyez-vous, monsieur Bonnepatte, commença le mari, mon épouse et moi avions décidé de vous ignorer parce que, pour vous dire la vérité, nous avons été très remués à la suite du crime commis par ce jeune hérisson. Il se trouve en plus que nous connaissions bien M. Edgar. Alors voilà, nous ne voulions avoir affaire à vous en aucune façon. Et puis, les jours passant…

– … oui, enchaîna son épouse, les jours passant, nous nous sommes dit que c'était ridicule et stupide. Parce que vous n'y êtes pour rien, vous. Alors, nous voudrions vous demander pardon pour notre comportement à votre égard et vous prier de bien vouloir accepter que nous nous serrions la main.

On ne pouvait pas mieux s'exprimer que ces deux-là. Jefferson, qui était à cran depuis plusieurs heures, sentit les larmes couler sur ses joues. Il tendit ses deux mains pour prendre les leurs et bafouilla :

– Mais bien sûr… c'est… je vous comprends… merci, en tout cas… merci… je suis très touché…

Eux aussi étaient émus, si bien que tous les trois éprouvèrent ensemble ce bonheur étrange et profond qu'il y a à se réconcilier.

Quand Roxane rappela, il était presque minuit et Jefferson dut la décevoir : il n'avait aucune nouvelle de Gilbert. Or, ce n'était pas le genre du bonhomme. Quelque chose clochait. Elle avança l'idée que la batterie de son portable était peut-être tout simplement déchargée. Qu'il allait réapparaître un peu plus tard, enjoué comme à son habitude, et tout leur raconter. Il ne fallait pas s'en faire.

Seulement, Gilbert ne rentra ni un peu plus tard,

ni beaucoup plus tard. Il ne rentra pas du tout et Jefferson passa la nuit à s'endormir et à se réveiller en sursaut, à refaire à l'infini un rêve oppressant dans lequel la voiture des deux humains n'en finissait pas de le poursuivre et de le percuter. Il se trouvait finalement emprisonné dans cette voiture, au fond d'un ravin, blessé et incapable de se mouvoir. On tapait sur la carrosserie, à l'extérieur, quelqu'un essayait d'entrer. Il ne savait pas si c'était un ami qui venait lui porter secours ou bien quelqu'un qui lui voulait du mal. On tapait et on cognait. Et on cognait encore.

Alors, Jefferson se réveilla tout à fait et comprit que le bruit ne provenait pas de son rêve mais bel et bien de la réalité. On tambourinait à la porte de la chambre numéro 108 de l'hôtel *Majestic*, leur chambre. Le radio-réveil indiquait 6 h 45. Il se leva d'un bond et mit la main sur la poignée.

– Qui c'est ? demanda-t-il par réflexe de prudence.

– C'est moi ! répondit Gilbert. Ouvre !

11

La créature qui se rua à l'intérieur ressemblait de loin seulement au Gilbert que Jefferson connaissait depuis l'enfance. Le malheureux était sale, griffé, cabossé. Des traces de boue et de sang maculaient son visage, ses bras, ses mains. Ses vêtements étaient souillés. Mais ce qui frappait le plus était l'expression hagarde de ses yeux.

– D'où tu sors ? couina Jefferson, horrifié.

– De l'enfer, mon pote, gémit Gilbert, et il se précipita dans la salle de bains.

Jefferson entendit couler longtemps l'eau de la douche.

– Ça va ? demanda-t-il plusieurs fois sans obtenir de réponse.

Il en profita pour laisser un message sur le répondeur de Roxane : « Gilbert est rentré. »

Puis l'eau s'arrêta et Gilbert sortit, vêtu du peignoir

de l'hôtel, hirsute. Il y avait dans le coin de la chambre un fauteuil qu'ils n'avaient jamais utilisé sauf pour y entasser leurs vêtements. Il s'y laissa tomber. Jefferson tira la chaise de bureau près de lui.

– Raconte-moi.

– Bon, je commence par le début. C'est le mieux, non ?

– Bonne idée, l'encouragea Jefferson avec un sourire. Prends ton temps. Est-ce que tu veux manger quelque chose d'abord ?

– Manger, non. Mais je veux bien boire un café.

Jefferson descendit au bar lui en chercher un et, quand il remonta, il trouva Gilbert qui pleurait doucement sur le fauteuil.

– Raconte-moi.

Gilbert se moucha, s'essuya les yeux et prit une grande respiration.

– Alors voilà, je te laisse avec Simone et je prends mes deux lascars en filature. Ils marchent super vite et je suis obligé de trotter pour pas les perdre. On sort de la vieille ville, on arrive sur le boulevard, et là je me dis que je suis à découvert, qu'ils vont me voir. Mais non, ils disparaissent dans un petit immeuble en bord de route. J'attends une demi-heure, une heure. Rien. Ils devaient manger. Je veux t'envoyer un message pour te dire que j'abandonne et que je rentre, mais je m'aperçois que j'ai plus de batterie sur mon portable. Juste à ce moment, le grand maigre ressort, tout seul. L'autre apparaît à une fenêtre au deuxième étage et lui crie : « Attrape, t'as oublié ton briquet ! » Moi, je note bien la fenêtre, tu penses. Le grand traverse le boulevard, il monte dans sa voiture, une berline noire, et démarre. Moi, ni une ni deux, je saute sur un vélo que j'avais repéré contre un mur, pas attaché, et je fonce. Je me dis : *C'est juste un emprunt, je le rapporterai.* Je pédale comme un dératé, on passe le pont sur le canal, et là je perds du terrain. Je vois juste qu'il tourne dans la direction qu'on a prise l'autre jour pour les macarons. Je ralentis et je continue tranquille sur la départementale jusqu'à la zone industrielle. J'arrive aux abattoirs, tu te rappelles, et une intuition : je m'avance sur le parking. Bingo, la berline est là. Notre gars est bel et bien en affaires avec les abattoirs. J'aurais dû faire demi-tour, là, Jeff, j'avais repéré l'appart de l'autre, c'était déjà pas mal. Mais je sais pas ce qui m'a pris, j'ai jeté le vélo dans un fourré et je suis revenu à pied. Je me suis dit : *Tu es dans l'aventure, ça y est !* Je me suis pris pour Roxane et Hugo, tu vois, je me suis pris pour un héros.

Jefferson voyait très bien, mais lui se serait contenté d'y penser.

– Bon, j'entre discrètement dans le bâtiment pendant qu'ils sont occupés à manœuvrer une bétaillère remplie de moutons dans la cour. Au mur, je vois un gros support de tuyau d'arrosage, à mi-hauteur, je m'y accroche, j'escalade et je me planque dans un recoin de la charpente métallique. Tu sais ça ? Les gens ne lèvent jamais la tête, si tu veux te planquer, va sur les hauteurs. Et là, mon pauvre, c'est le cauchemar qui commence. D'abord, ils déchargent ces pauvres moutons qui bêlent au secours. Je sais pas d'où ils arrivent, mais je t'assure qu'ils avaient pas voyagé avec Ballardeau. Ils sont entassés, assoiffés, affolés. On les bascule n'importe comment. Il y en a un qui boite bas, il a au moins une patte fracturée, ils en ont rien à faire, ils le battent pour qu'il avance. Il y en a un autre qui s'échappe. Un type le chope, le prend par une patte arrière et le jette par-dessus la barrière.

« Le mouton ne sait plus où il est, il repart dans le mauvais sens, il se traîne. Le type le reprend par la même patte et le rejette par-dessus la barrière. Tu vois ça, t'as envie de hurler. Ça bêle, ça gueule. On s'entend plus. Elles savent qu'elles vont mourir, ces bêtes, et elles peuvent pas se défendre. Elles ont aucune chance. Juste souffrir et mourir. Moi, j'étais recroquevillé dans mon coin sous le toit et j'osais plus bouger. J'étais terrorisé. Je me suis dit : *S'ils te voient, ils te font pareil.*

– Tu veux un autre café, Gilbert ?

– Non, mais je veux bien un bout de pain ou quelque chose maintenant, j'ai plus rien mangé depuis hier matin.

Jefferson descendit. Dans la salle du petit déjeuner, plusieurs Ballardeaux étaient déjà attablés. Il les salua poliment, attrapa au vol une poignée de viennoiseries et les apporta à la chambre 108.

– Voilà, mon pote, chacun son tour.

Gilbert ne se jeta pas dessus. Il se mit à mordiller lentement dans un pain au chocolat.

– Il y a eu un moment de répit et, une heure plus tard environ, ils amènent… des cochons. Tellement serrés les uns contre les autres qu'ils peuvent même pas s'allonger pour se reposer. Certains essaient de s'enfuir en marchant sur les autres. Ils sont tous en état de choc, ça se voit. Ils tirent la langue. La plupart ont l'air fous, ils se mordent entre eux. Leurs oreilles et leurs queues saignent. Tu peux pas t'imaginer, Jeff. Et là, je me dis que c'est quand même un peu mes frères, quoi, un peu mes frères handicapés, tu vois et…

À cet instant, il éclata en sanglots et son visage se tordit en une grimace que Jefferson ne lui avait jamais vue, alors qu'ils se connaissaient depuis l'enfance. Des bouts de pain au chocolat humides de salive lui tombèrent sur les genoux.

– Je peux pas tout te raconter, gargouilla-t-il, c'est pas racontable : des décharges électriques pour les faire avancer, des coups de bâton sur les reins, derrière la tête, sur le groin, les cochons qui titubent, qui hurlent de douleur, et qui encaissent, qui encaissent sans pouvoir se défendre. C'est injuste. C'est… dégueulasse. Et puis, ils les font passer entre deux barrières, comme dans un couloir, toujours en les frappant, et tu les vois plus. Mais tu t'en doutes, d'où ils vont, hein ? On va les égorger vivants, plus ou moins étourdis, les uns après les autres, avec méthode. Le seul souci des humains, c'est comment tuer le plus de bêtes possible dans le moins de temps possible.

Il s'essuya la bouche et le nez avec sa manche et continua :

– Le temps est passé vite, sans doute parce que, brusquement, tout s'est arrêté. Ils ont nettoyé au jet le sang et les saletés. Ils se sont changés, ils ont éteint les lumières, fermé les portes et ils sont partis. Et moi, je suis resté là, sur ma poutrelle, choqué. Je claquais des dents. Je suis descendu et j'ai essayé de sortir par une porte qu'ils auraient oublié de fermer ou par une fenêtre restée entrouverte. Impossible. Alors, je suis parti en balade. C'est immense, ce truc. Y avait plein de bêtes parquées en attente. Je leur ai rendu visite à toutes : aux cochons, aux moutons, aux vaches. Il y avait un vieux cheval, tout seul. Je lui ai caressé le museau. Après, je suis resté longtemps avec les vaches. Au petit jour, c'était silencieux. On entendait juste leur respiration. Elles avaient toutes leur numéro à l'oreille. Parfois, y en avait une qui meuglait. Ça puait l'angoisse, Jeff, je te jure. Juste du béton, de la ferraille et de l'angoisse. J'avais envie de leur dire : *Ça va aller, les filles*, mais je savais bien que c'était faux, que ça irait pas du tout. Quand le jour se lèverait et que les humains seraient de retour, ça irait même très mal pour elles. Je pouvais quand même pas leur dire : *Bon, c'est pas grave, on vous a juste pris votre veau à la naissance ou presque, on a bu votre lait, celui qui était prévu pour lui, et maintenant on va vous abattre et prendre votre viande et votre cuir. Ça vous convient comme arrangement ?* Ah *oui, j'oubliais, on a bouffé votre veau aussi, mais en échange de tout ça, on vous a quand même donné un peu d'herbe à manger, hein ?* Vers six heures, le ciel s'est éclairci. J'ai entendu le bruit d'un moteur de voiture puis celui d'une porte métallique qu'on basculait. Alors, j'ai dit au revoir à tout le monde. Enfin, adieu. Je me suis faufilé et je suis sorti. J'ai retrouvé mon vélo et j'ai pédalé vers la ville. Je l'ai remis là où je l'avais pris et me voilà.

Gilbert ferma les yeux.

– Bon, je crois que je vais me coucher et essayer de dormir un peu. Je suis bon à rien, là.

Jefferson tapota son oreiller, tira le rideau.

– Oui, vas-y. Ça te fera du bien. Je te dérangerai pas.

Gilbert se mit au lit, se recroquevilla sous sa couverture, mais il ne parvenait pas à arrêter le flot de paroles.

– C'est dingue ça, quand même, grognait-il, et sa voix parvenait assourdie à Jefferson, ils peuvent manger tout ce qu'ils veulent : des spaghettis au basilic, du gratin dauphinois, des pizzas quatre saisons, des tartes aux framboises, des omelettes aux pommes de terre, des gâteaux à la noix, des soupes de lentilles corail avec du lait de coco, des crêpes à la confiture, des pommes, des poires, des abricots, des poêlées de champignons, des salades de tomate, des croissants, des tagliatelles au pesto, des crèmes à la vanille, des fraises, des melons, du riz, de la purée, des petits pois, du velouté de potiron, du chocolat aux noisettes… et ça leur suffit pas ! Ils trouvent que c'est pas assez, alors ils tuent les animaux pour les bouffer ! Je comprends pas…

Jefferson s'était assis à son tour sur le fauteuil, dans le noir, et attendait. Gilbert eut du mal à trouver le sommeil. De loin en loin, de courts sanglots lui venaient comme des hoquets, et de faibles gémissements. Quand il fut tout à fait silencieux, et sa respiration apaisée, Jefferson se leva sans bruit, prit deux croissants au passage et se glissa hors de la chambre.

12

Le groupe Ballardeau s'installait dans le car.

– Où va-t-on, déjà ? demanda Jefferson qui avait complètement perdu le fil du programme.

– Nous allons visiter le château de Sallois, le renseigna Mme Schmitt. Et nous pique-niquerons ensuite dans le parc, comme des collégiens ! C'est amusant, non ?

Elle boitait encore un peu mais, en s'accrochant au bras de son mari, elle parvenait à marcher.

Pendant le trajet, les deux renardes demandèrent à Roxane l'autorisation d'utiliser le micro et elles offrirent à leur public un concert de chansons rétro. Elles avaient choisi des airs connus et revu les textes en y intégrant les noms de tous les Ballardeaux. C'était un peu raté, à vrai dire, mais ça fit beaucoup rire.

Jefferson prit son mal en patience et supporta vaillamment toutes les épreuves de la journée : la visite du château commentée en sourdine et en continuité par l'insupportable Clarisse, les terribles ronflements de M. Schmitt endormi sur la pelouse du parc, les larmes soudaines et inexpliquées de Simone, la cabriole spectaculaire de Mme Frérot, l'épouse mouton, qui trébucha sur le marchepied au moment de monter dans le car… Au retour, Roxane manœuvra pour se trouver assise à côté de lui.

– Alors ? demanda-t-elle simplement.

– Il a passé la nuit à l'abattoir. Il est revenu complètement déglingué.

Elle se força à sourire et hocha la tête. Elle avait vécu ça assez souvent elle-même pour comprendre.

– Il se repose, là ?

– Oui, il dort.

– C'est bien. Il va s'en remettre. Et toi aussi. Ça va aller, Jefferson.

Elle lui avait murmuré ce « Jefferson » avec douceur, comme un secret partagé et il en fut tout ému. Cela lui rappela Carole. Est-ce qu'elle continuait à le défendre, là-bas ? À défendre son innocence, contre tout le monde et contre toutes les apparences ?

Il fut le premier à descendre du car, devant l'hôtel. Il passa à la course devant la réception, monta l'escalier de service quatre à quatre et frappa à la porte 108. La voix enjouée venue de l'intérieur le rassura : Gilbert allait mieux ! Il vint lui ouvrir, souriant, et replongea sur son lit.

– Excuse, je suis dans mon Code. À ton avis, sur un trajet de cent kilomètres, combien de temps gagnes-tu si tu roules à 130 kilomètres heure au lieu de 110 : a) vingt minutes b) quinze minutes c) quatre minutes ?

– Je ne sais pas, répondit Jefferson. Je vois que tu as vite récupéré, dis donc !

– Oui, j'ai dormi jusqu'à trois heures de l'après-midi ! Bon, la réponse, c'est quatre minutes ! C'est fou, non ? Ça vaut pas le coup de risquer sa vie.

– Gilbert ?

– Oui.

– Si on rentrait chez nous ? J'irais me livrer à la gendarmerie et je leur expliquerais tout. C'est ce que j'aurais dû faire dès le début.

Gilbert laissa tomber le manuel sur son ventre.

– Ouh, là là, mon petit hérisson, il en faut si peu pour te décourager ? Non non, on va pas du tout rentrer à la maison. On fait un beau voyage Ballardeau, la ville est chouette, on avance chaque jour dans notre enquête, qu'est-ce que tu veux de plus ?

Jefferson s'assit au bord du lit.

– Écoute. J'y ai réfléchi toute la journée, pendant que tu pionçais. On n'a aucune chance d'arrêter ces deux types, ni de les neutraliser et encore moins de les ramener chez nous. On a rêvé. C'était de la folie. Je me demande comment on a pu imaginer une seconde que…

– Attends, moi aussi j'ai réfléchi. Et je suis arrivé à la même conclusion que toi : ces deux-là sont des brutes épaisses et des professionnels. À deux, on n'arrivera jamais à les serrer.

– Tu vois bien.

– À deux, non, mais...

– Mais ?

– Mais à vingt-sept, oui.

Jefferson mit quelques secondes à comprendre et la mâchoire lui en tomba.

– Gilbert, excuse-moi de te le dire, mais je crois que cette fois, tu n'as plus la lumière à tous les étages. Tu es complètement cinglé. Ça doit être la nuit aux abattoirs qui t'a mélangé les neurones.

– Pas du tout ! J'ai repéré l'appartement du gars au bonnet, le costaud, celui qui s'appelle Fox, quand il a lancé le briquet. On s'y pointe tous ensemble et on lui tombe dessus. On est vingt-sept, je te rappelle, vingt-sept !

– Vingt-sept, oui, mais vingt-sept quoi, bon sang ? s'emporta Jefferson. Vingt-sept riens du tout ! Un couple de moutons si vieux que la dame se casse la figure toute seule en montant dans le car, une lapine qui fond en larmes deux fois par jour sans explication, un chat complètement à l'ouest, un sanglier déjanté, deux écureuils qui s'évanouissent de trouille quand tu tapes dans tes mains, c'est pas tout à fait le GIGN, ça !

– Bon, écoute, Jeff. Où en sommes-nous, là ? Moi, je résumerais comme ça : 1) tu n'as pas été arrêté. 2) On a retrouvé la trace de M. Edgar. 3) On a retrouvé la trace de ses assassins. Et tu voudrais t'arrêter là ? C'est un peu comme un type qui aurait semé tous ses concurrents dans une course à pied et qui abandonnerait alors qu'il va franchir en triomphe la ligne d'arrivée. J'ai lu ça dans un roman et c'était drôlement bien. Mais en vrai je veux pas !

Jefferson dut s'avouer une fois de plus que Gilbert pouvait être très persuasif. Il fallait peut-être en effet aller jusqu'au bout. Sauf que son idée semblait tout à fait farfelue.

– Il faudrait convaincre tout le groupe. Impossible !

– On peut essayer. Écoute comment on pourrait s'y prendre…

Ce soir-là, après le dîner, Roxane se percha sur une chaise et demanda une minute d'attention au groupe Ballardeau qui en était au dessert, l'île flottante, spécialité de la maison. Les deux vieux moutons avaient noué leur serviette autour de leur cou à cause de la crème anglaise et des possibles projections.

– Pardon de vous déranger. Il y a au sous-sol une petite salle de réunion. J'aimerais vous y retrouver dans dix minutes. Je vous promets que je ne serai pas longue. Merci.

Toutes et tous se regardèrent. S'il s'agissait du programme du lendemain, elle pouvait très bien l'annoncer ici. D'ordinaire, on n'en faisait pas tout un plat et c'était vite expédié. Cependant, l'obéissance prévalut et dix minutes plus tard, ils étaient tous au rendez-vous. Roxane les fit asseoir autour de la table de conférences, les remercia d'être venus, puis elle se retourna vers le tableau, prit un marqueur et traça sur la grande page blanche un énorme :

BONNE NUIT !

Là-dessus, elle embrassa le bout de ses doigts, leur souffla un baiser collectif et s'en alla en riant. Ils ne la virent pas scotcher de l'autre côté de la porte une feuille A4 sur laquelle elle avait écrit :

Groupe Ballardeau. Soirée Scrabble.
Ne pas déranger svp.

La stupéfaction les laissa d'abord muets, puis ils commencèrent à parler tous à la fois. Qu'est-ce que ça signifiait ? Roxane avait perdu la tête ou quoi ?

Jefferson, qui en avait profité pour prendre place en bout de table, se racla la gorge.

– S'il vous plaît, s'il vous plaît, merci.

Il mit un moment à obtenir un silence très relatif.

– Bien, alors voilà. C'est Gilbert et moi qui voulions vous réunir, en réalité. Pas Roxane. Parce qu'il se trouve que nous avons beaucoup de choses à vous révéler. Oui… vraiment beaucoup… Et même tellement que je ne sais pas par où commencer.

– Commence par le début ! lui recommanda Gilbert. Je prendrai la suite quand je serai concerné.

Les Ballardeaux ouvraient des yeux ronds comme des soucoupes.

– Oui, continua Jefferson, vous allez être très étonnés. Il s'agit de l'affaire *Défini-Tif*.

Une rumeur parcourut l'assemblée. Les deux blaireaux dressèrent l'oreille.

– Ce matin-là, je veux dire le matin du crime, je suis justement allé au salon pour me faire coiffer. J'ai trouvé porte close et j'ai contourné la maison par l'arrière. Je suis entré par la fenêtre et c'est moi qui ai découvert le malheureux M. Edgar. Il gisait au sol, les ciseaux plantés dans la poitrine. Mme Kristiansen dormait sous son casque…

– Attendez, monsieur Bonnepatte, l'interrompit la poule Clarisse. Comment se fait-il que vous l'ayez vue dormir alors qu'elle prétend…

– … je ne m'appelle pas Bonnepatte, l'interrompit à son tour Jefferson. Je m'appelle Jefferson Bouchard de La Poterie.

Cet aveu aurait dû faire l'effet d'une bombe, provoquer cris, fuites, évanouissements, or ce fut tout le contraire : un silence glacial tomba sur l'assistance. Sans doute aurait-il suffi que quelqu'un laisse tomber un capuchon de stylo par terre pour que ceci déclenche une panique sans nom, mais il n'en fut rien et Jefferson put enchaîner :

– Rassurez-vous, je n'ai tué personne à ce jour et j'ai bien l'intention de continuer comme ça. J'ai fui parce que Mme Kristiansen s'est réveillée et m'a vu avec dans la main les ciseaux que je venais de retirer du corps de ce pauvre M. Edgar. Je n'ai pas réfléchi, j'ai suivi mon instinct, j'ai juste voulu lui porter secours. Mais ensuite tout m'accablait, forcément. Cette dame s'est mise à hurler, elle a couru dans la rue en me désignant comme le coupable. J'ai eu tellement peur que je me suis sauvé avec l'idée de m'expliquer et de me défendre plus tard, au calme. Je voulais juste rentrer chez moi, vous comprenez…

Il raconta avec soin comment les événements s'étaient ensuite enchaînés : la carte postale de Carole, qu'il leur montra et qu'il fit même circuler, l'opportunité du voyage Ballardeau pour passer la frontière en douce, Mme Rollet, la révélation du combat de M. Edgar en faveur des animaux – combat qui lui avait coûté la vie –, et enfin le hasard de la rencontre en ville avec ses deux assassins. Il laissa de côté les détails inutiles comme leur déguisement en filles ou l'allergie de Gilbert aux poils de chat. L'expression des visages s'était peu à peu modifiée au cours de son récit. De la stupeur on était passé à l'intérêt, puis de l'intérêt à la compassion, d'autant plus que les derniers mots de Jefferson furent pour confier à ses compagnons de voyage qu'il regrettait de s'être montré un peu distant avec eux jusqu'à ce jour. C'était à cause de tous ses soucis, mais entre-temps, il avait appris à mieux les connaître et à les apprécier. Puis il passa la parole à Gilbert.

– Bien, ce que j'ai à vous raconter, moi, c'est pas drôle, commença celui-ci.

Jefferson eut peur que son ami soit de nouveau submergé par l'émotion et qu'il n'arrive pas au bout de son propos, mais il se trompait. Gilbert sut bouleverser ses auditeurs sans s'effondrer lui-même. Quand il évoqua le martyre des moutons, M. et Mme Frérot soufflèrent dans leur mouchoir. Quand il évoqua celui des cochons, Roland lâcha un juron bien senti. Et quand il fut question des vaches et de leur attente, dans le silence de la nuit, la dame vache et ses deux nièces baissèrent la tête.

– Mais pourquoi nous dites-vous tout ça ? demanda enfin M. Perlier, le timide écureuil. Je veux dire, qu'attendez-vous de nous ?

On y était.

Jefferson reprit la parole et expliqua de son mieux, en répétant telles quelles certaines phrases que Roxane avait prononcées au *Blue Note*. Il ne s'agissait pas de changer les habitudes des humains en un coup de baguette magique. Ça prendrait du temps. La seule solution était qu'ils arrêtent de manger de la viande, ou qu'ils en mangent moins. Tant qu'ils en mangeraient et qu'il y aurait de l'argent à gagner là-dedans, on massacrerait les animaux sans se poser la moindre question. Et on continuerait à faire croire aux gens que les animaux étaient fous de joie à l'idée de se sacrifier pour eux, il n'y avait qu'à voir les bouilles réjouies des cochons dessinées sur les vitrines des boucheries. Ce serait un très long combat et il faudrait sans doute encore quelques décennies, un siècle peut-être, avant qu'on se demande comment on osait faire ça *avant*.

Presque tous hochèrent la tête en signe d'approbation.

– C'est comme pour l'esclavage ou la torture, lança

Mme Schmitt, on a pensé pendant des siècles que c'était normal…

Jefferson se rendit compte qu'il n'avait pas répondu à M. Perlier. Il lui fallait en revenir à son propos. On n'allait pas changer le monde aussi vite mais on pouvait au moins, pour l'instant, ne pas laisser impunis les assassins de M. Edgar. Or, les dénoncer à la police des humains n'avait aucune chance d'aboutir. Le meurtre d'un blaireau comptait pour rien, ici, chez les humains. Et au pays des animaux, l'affaire semblait jugée d'avance : c'était lui, Jefferson, le coupable tout désigné, depuis la première minute. La seule façon de rendre justice à M. Edgar et de l'innocenter, lui, Jefferson, c'était d'arrêter eux-mêmes les assassins, de les ramener dans le coffre à bagages du car et de les livrer aux gendarmes, preuves à l'appui. Voilà.

Roland se leva d'un bond.

– Dans mon coffre ! Mais j'ai pas le droit ! Remarquez, ça serait plutôt drôle, non ? À condition qu'ils se tiennent tranquilles, et là, je vois pas trop comment on pourrait les y obliger.

Puis il éclata de rire en montrant son poing serré.

– Enfin si, je vois, mais ça non plus, on n'a pas le droit !

– Oui, reprit Jefferson, ça fait partie des nombreuses questions à résoudre. Il y en a d'autres. Gilbert a repéré l'appartement d'un des deux meurtriers. C'est sur le boulevard. Il faudrait le surprendre chez lui. Avec un peu de chance, l'autre y sera aussi. Mais je voudrais d'abord vous dire que je comprendrai parfaitement les personnes qui ne souhaitent pas participer. Ce n'est pas votre métier ni le mien. Notre chance de réussir, c'est que nous sommes vingt-sept, et même vingt-huit avec Roland.

Gilbert approuva de la tête.

– Vingt-huit contre un, ou contre deux.

Il y eut un silence, le temps sans doute pour chacun d'imaginer ce que signifiait concrètement ce « le surprendre chez lui ».

– Si j'entends bien, en somme, intervint M. Hild, le blaireau, dans son langage toujours aussi choisi, vous nous suggérez de faire irruption tous ensemble au domicile de ces individus, faisant ainsi prévaloir notre nombre sur leur probable force, d'y faire irruption, disais-je, à l'improviste, et de les neutraliser afin de les remettre aux autorités, les rendant ainsi hors d'état de nuire à nouveau ?

– Euh… oui, répondit brièvement Gilbert, un peu sonné par cette syntaxe parfaite.

Les deux renardes, pour lesquelles Jefferson n'éprouvait jusque-là pas de sympathie particulière, se dressèrent ensemble.

– Nous, on est partantes ! On vient ! Il faudra qu'ils payent, ces salopards !

– Je viens aussi ! gueula Walter Schmitt. Et ça va ch…

– … Chéri ! le gronda son épouse, le sauvant de justesse d'une grossièreté malvenue.

– Attendez, intervint Jefferson, je ne veux pas que

vous vous décidiez aussi vite. Donnez-vous le temps de la réflexion. Je vous propose de faire une pause de quinze minutes et de nous retrouver ici après.

Au lieu de regagner leur chambre, Jefferson et Gilbert allèrent faire les cent pas dans le parking, derrière l'hôtel. Le petit car jaune était sagement rangé le long du mur. ENVIE DE BALADE ? BALLARDEAU ! lut Jefferson et il pensa : *Tu parles d'une balade*.

– Bon, on a déjà les deux renardes et les Schmitt, se réjouit Gilbert. C'est bien parti.

Jefferson se montra moins optimiste.

– Oui. On peut aussi compter sur M. et Mme Hild, les blaireaux, ils ont un compte personnel à régler, mais les autres… Tu vois Simone partir au combat ? Et M. et Mme Perlier, les écureuils ? Et Clarisse ?

– Si nous en avons la moitié, estima Gilbert, c'est jouable. Quatorze. Voilà ce qu'il nous faut au minimum.

Lorsqu'ils revinrent dans la salle de réunion, tous étaient déjà de retour. Certains, comme les deux vieux moutons, n'étaient d'ailleurs pas sortis.

– Bien, dit Jefferson, nous allons procéder très simplement. Je demande à tous ceux et celles qui veulent bien participer à… – il chercha le mot juste – à l'expédition, de bien vouloir lever la main.

Il aurait pu s'attendre à tout, mais pas à ce qui allait arriver et qui resterait une des plus belles émotions de sa vie. Car toutes les mains se levèrent ensemble, celles annoncées de Walter Schmitt et des renardes, mais toutes les autres aussi : celles des blaireaux, celles des deux écureuils, celle de Simone, celles des trois vaches, celle du chat… Il balaya la salle du regard et les larmes lui en vinrent aux yeux.

– Merci, bredouilla-t-il, merci. Vous êtes merveilleux.

M. Frérot, le vieux mouton, tint cependant à préciser :

– Nous avons hésité à nous engager, mon épouse et moi, car nous risquons d'être davantage des boulets que des atouts, mais je me suis souvenu que j'étais médecin autrefois, et il se trouve que je connais bien le patron de la *Pharmacie Centrale*, ici, à Villebourg. Il me procurera certainement de quoi obtenir que nos prisonniers se tiennent tranquilles dans le coffre de Roland, au moins jusqu'à la frontière.

Comme Jefferson avait la gorge trop nouée pour parler, Gilbert se chargea de les remercier tous. Ils allaient réfléchir tous les deux à l'organisation afin que tout soit au point le jour J et que les rôles soient distribués en fonction des compétences. Tout le monde aurait l'occasion de se rendre utile.

En sortant, ils tombèrent sur le chat qui s'était attardé pour photographier la salle de conférences.

– Je vous remercie d'avoir accepté, lui dit Jefferson, alors que nous n'avons jamais parlé ensemble cette semaine et…

Le chat montra ses oreilles avec une petite grimace désolée.

– Ah, vous êtes… sourd ? demanda Gilbert.

Le chat fit de la tête le signe que oui. Tout s'éclairait : son isolement, son habitude de se tenir en retrait pendant les visites guidées, son goût pour la photo et sa façon étrange de faire les macarons.

– Mais pourtant vous avez levé le bras, reprit Jefferson en articulant bien pour qu'il puisse lire sur ses lèvres, vous avez compris tout ce que je disais ?

Le chat sortit un carnet de sa poche, y griffonna quelques lignes et le tendit à Jefferson. Il était écrit : « Non, je n'ai pas compris grand-chose, mais comme tout le monde a levé la main, je me suis dit que c'était sans doute bien et j'ai fait pareil. »

– Merci, dit Jefferson.

Le chat reprit le carnet et ajouta de son écriture très soignée : « Ah oui, je m'appelle Émile. »

– Merci, Émile, dit Jefferson.

Ils remontaient dans leur chambre quand l'employé de la réception les interpella, le sourire aux lèvres et l'œil rigolard :

– Alors, cette soirée Scrabble ?

Peut-être pensait-il que ces drôles de clients savaient à peine lire et écrire.

– C'était bien, répondit Jefferson, merci.

– Vous avez trouvé des mots très longs ?

– Oui, j'ai trouvé SOLIDARITÉ.

– Ah, pas de Z, pas de W, ça ne doit pas rapporter des masses.

– Si, fit Jefferson, ça peut rapporter beaucoup. Bonne nuit, monsieur.

Roxane faillit tourner de l'œil quand Jefferson lui exposa leur projet au téléphone. Elle avait volontiers joué le jeu et réservé la salle de réunion pour qu'ils puissent tous ensemble parler de ce que Gilbert avait vu, mais de là à entreprendre cette folie, non ! Elle connaissait de réputation ces deux types. Ils étaient sans foi ni loi, armés et tout à fait capables de tirer dans le tas s'ils se sentaient menacés. Est-ce qu'il imaginait les vingt-huit voyageurs Ballardeau abattus et alignés sur le carrelage de l'appartement ? M. Edgar avait toujours recommandé la prudence aux militants et il annulait sans hésiter toute opération à risque. Il n'aurait certainement pas approuvé cette attaque de branquignols. Jefferson fut ébranlé par ces arguments, mais il n'en démordit pas.

– Sans doute, répondit-il, mais M. Edgar n'aimerait pas non plus apprendre que ses assassins se promènent en ville, la conscience tranquille, et prêts à tuer n'importe qui pourvu qu'on les paie bien. Et surtout, on ne lui avait pas encore planté de ciseaux dans la poitrine quand il raisonnait comme ça.

Cette fois, ce fut au tour de Roxane d'être ébranlée. Ce petit hérisson de 72 centimètres lui en bouchait un coin. Elle tenta encore de le dissuader en lui expliquant ce qui arriverait, même dans le cas miraculeux d'une réussite : il y avait souvent des contrôles de la douane sur les cars d'animaux en route vers la frontière. S'ils étaient arrêtés avec deux humains ficelés dans la soute, ce serait la prison pour eux tous pendant des années. La prison à vie, peut-être même.

– Quand voulez-vous lancer votre attaque ? demanda-t-elle quand elle eut compris que ses conseils étaient vains.

– Notre séjour se termine après-demain, expliqua Jefferson. Demain dimanche, nous établissons notre plan, et lundi matin nous passons à l'attaque, juste avant de rentrer chez nous.

Roxane se contenta de soupirer bruyamment dans le téléphone.

– Faites attention à vous, dit-elle avant de raccrocher. Faites très attention, je vous en supplie.

13

Pour cette dernière journée à Villebourg, le programme Ballardeau prévoyait d'assister en matinée à l'office religieux à la cathédrale, du moins pour ceux qui le souhaitaient. L'après-midi, ils pourraient se rendre à un défilé de mode dans un grand hôtel du centre-ville ou bien à un tournoi de joute sur le canal.

– Tu iras à la messe sans moi, dit Jefferson, moi je vais aller sur le boulevard et je ferai les repérages. Je photographierai tout. Comme ça, on pourra établir un plan d'attaque précis, comme sur une carte d'état-major, tu vois ?

Ce fut le premier jour de pluie. Elle tombait, fine et régulière sur la ville, lui ôtant du même coup ses airs de vacances. Ils se séparèrent après le petit déjeuner. Gilbert recommanda la prudence à Jefferson :

– Fais gaffe à toi, hérisson, promis ?

– Promis, dit celui-ci, en déployant au-dessus de

sa tête le parapluie noir emprunté à l'hôtel et bien trop grand pour lui. Et toi, note bien les remarques de M. Schmitt à propos des mannequins s'il va au défilé, je regrette de manquer ça.

Il traversa la vieille ville endormie, passa devant les volets métalliques descendus sur les boutiques encore fermées, comme des paupières sur des yeux, se dit-il. Il marcha en se faisant le plus discret possible jusqu'au boulevard et le suivit en remontant les numéros. Gilbert avait dit : « C'est le 44, et la fenêtre est au deuxième étage, juste à la verticale de la porte d'entrée, tu peux pas te gourer. » Jefferson passa une première fois devant, presque sans oser regarder. Il fit deux photos de la rue avec son téléphone portable, une dans chaque sens. Elles montreraient au moins que le car pouvait stationner en face du 44, le temps de leur intervention. Il continua sur une centaine de mètres puis changea de trottoir et fit demi-tour en s'efforçant de marcher d'un pas décidé, à la façon de quelqu'un qui sait où il va. La pluie avait forci. Elle tambourinait maintenant sur la toile de son parapluie et cela faisait comme une fusillade. S'accordant au même rythme, son cœur s'accéléra. Parvenu au 44, il s'étira pour atteindre la poignée ronde qu'il ne parvint pas à faire tourner mais, en s'appuyant à la porte, il eut la bonne surprise de la voir céder sous la pression : elle était ouverte.

Le hall d'entrée aux murs jaune sale, l'escalier grisâtre, les boîtes aux lettres couvertes d'étiquettes à moitié décollées, les prospectus publicitaires piétinés et abandonnés au sol, rien ne donnait envie d'habiter là. Jefferson se rappela avec nostalgie sa maisonnette en bordure de forêt, les hêtres qui devaient resplendir de leurs couleurs d'automne, son petit intérieur bien rangé. Il replia son parapluie, l'appuya contre le mur et fit des photos sous tous les angles : l'ascenseur, l'escalier, le couloir fermé au bout par une porte sur laquelle figurait le dessin d'une poubelle. Il pressa le bouton d'appel de l'ascenseur qui ne s'alluma pas, mais la porte métallique s'ouvrit tout de même en accordéon. Il monta au quatrième et dernier étage, redescendit et nota mentalement : *Ascenseur fonctionne. Peut contenir selon corpulence six à huit animaux.* Puis il s'engagea dans l'escalier, en évalua la largeur et monta sans bruit jusqu'au deuxième étage. Le seuil, barbouillé de jaune lui aussi, donnait accès à trois portes, mais une seule était orientée côté boulevard. Il n'y avait pas de doute possible : derrière ces quelques centimètres de bois habitait l'assassin de M. Edgar, ou son complice. Dans tous les cas, un type capable de tuer. Un frisson lui parcourut le dos. Aucun nom ne figurait nulle part. Il s'avança, silencieux, et colla son oreille au panneau de la porte. Il n'entendit tout d'abord rien du tout et il allait repartir quand il se figea.

Cela ressemblait au bruit que l'on fait en déchirant du carton. Puis une voix masculine, très basse, une voix d'outre-tombe. Et une autre, éraillée, qui lui répondait, sans qu'on puisse reconnaître les mots. Jefferson sentit ses jambes se dérober sous lui. Il battit en retraite, centimètre par centimètre, avec l'impression que le moindre crissement de ses chaussures sur le sol, le moindre frottement du tissu des jambes de son pantalon étaient l'équivalent d'un train passant sous un tunnel.

Il descendit l'escalier en luttant contre la tentation de détaler à toutes jambes. Seule une pensée pour Chuck l'empêcha de le faire. Une fois en bas, il prit même sur lui d'aller explorer le local à poubelles, au fond du couloir. Cela pourrait servir de cachette lors de l'attaque. Allez ! Encore ce petit effort et il pourrait rentrer au *Majestic* avec le sentiment d'avoir accompli sa mission. Il poussa la porte et se boucha le nez. Cela faisait comme une petite cour intérieure, à ciel ouvert et entre quatre murs aveugles. Le couvercle du grand conteneur noir était soulevé et cela puait les détritus en état de décomposition. Une poubelle jaune, ouverte aussi, débordait de papiers, de plastiques, de cartons et de bouteilles de whisky qui n'avaient rien à y faire. Aucune envie de s'attarder en ce lieu. Il sortait quand il entendit grincer la porte de l'ascenseur et l'homme dont il aperçut le visage, l'espace d'une demi-seconde, était l'homme au bonnet, Fox.

Jefferson bondit en arrière, presque évanoui de peur, et il poussa un long, déchirant et presque muet :

– *Frêêêêêêêêêêêêêêêêêêêêêêêêêêêêêh !*

Revenu à lui, il tenta de se rassurer : l'homme allait forcément sortir, il suffisait de le laisser s'éloigner puis de sortir à son tour. Mais cela ne se passa pas ainsi. Il entendit l'homme râler, se battre avec des objets volumineux, sans doute des cartons, les faire tomber, les reprendre, buter avec contre la porte de l'ascenseur, contre les murs. Jefferson, terrorisé, se précipita derrière la poubelle jaune et s'y rencogna. Pour une fois, sa petite taille jouait pour lui

L'homme était là, maintenant, dans le local, à moins de deux mètres de lui, et il jetait en vrac ses cartons sur le tas déjà existant. L'un d'eux, plié, glissa derrière la poubelle et Jefferson reçut l'arête dure sur la tête, mais il en aurait fallu bien plus pour lui faire dire « aïe » à cet instant-là. Il plaquait son dos au mur, respiration bloquée, les yeux rivés sur l'inscription portée sur le carton : TV LED Full HD 121 cm. L'homme s'acharnait à bourrer la poubelle à coups de poing et de jurons. Jefferson songea soudain qu'il avait oublié d'éteindre son téléphone portable. Celui-ci pouvait sonner à tout instant et le trahir. Et plus il se disait que son téléphone pouvait sonner, plus il était convaincu qu'il *ALLAIT* sonner, qu'il le ferait même dans les dix secondes. Il glissa une main dans sa poche, en sortit l'appareil et commença à le manipuler, les doigts tremblants.

Il lui échappa. Le bruit mat que fit le boîtier en percutant le sol en béton stoppa net l'homme qui passait déjà la porte pour s'en aller. Il n'y eut plus pendant

un instant qu'un insupportable silence, puis Jefferson entendit les pas très lents de l'homme qui revenait.

– *Krriiiiiiiiiiiiiiiiiiiiiiiiiiiiiiiiiiiiiih !* gémit-il muettement et il eut l'impression que l'ensemble de ses organes internes se ratatinaient.

Il vit la poubelle basculer légèrement en arrière et s'éloigner du mur sur ses roulettes, il vit les cartons épars qui le cachaient encore disparaître les uns après les autres, enlevés par des mains invisibles, puis il vit surgir la silhouette colossale de l'homme au bonnet. Il l'avait déjà rencontré deux fois, mais jamais approché. Le visage était grêlé, les dents abîmées, mais le plus effrayant se trouvait dans ses deux yeux vitreux et dépourvus de toute humanité.

– Tiens, tiens, on s'connaît, non ? fit le type. Ça serait pas ce cher M. Jefferson ?

– Non, je m'appelle Steven, bredouilla Jefferson.

– Quoi ? dit l'homme.

– Je m'appelle Steven, répéta-t-il un peu plus fort, et stupéfait lui-même par son réflexe de défense. Le prénom de son cousin anglais lui était miraculeusement venu à l'esprit.

– C'est ça, rigola l'homme, je vais te croire !

Et il abattit sa main sur la nuque de Jefferson, saisissant tout à la fois les vêtements et la peau.

Jefferson se débattit, essaya de mordre, mais la poigne de l'homme paralysait tout le haut de son corps. Il se sentit soulevé et emporté. Au passage, l'homme avait ramassé le téléphone portable et récupéré le parapluie oublié dans l'entrée. Il pénétra dans l'ascenseur, tenant sa proie à bout de bras pour éviter les coups de pied.

– Appuie sur 2, c'est là qu'on va ! ordonna-t-il à Jefferson, et ce dernier pressa lui-même la touche de son petit index.

– Oh, Mackie, regarde !

Le rire caverneux du grand maigre résonna sans doute dans tout l'immeuble quand l'homme au bonnet montra sa prise.

– C'est quoi, ça ?

Sa voix était incroyablement basse. Sa pomme d'Adam proéminente faisait du Yo-Yo sur son cou mal rasé.

– C'est notre ami Jefferson, tu le reconnais pas ? grinça l'homme au bonnet en désignant sur la table un exemplaire de *La Trompette*, celui où Jefferson figurait à la une, sa tarte aux myrtilles à la main. C'est tout lui, non ?

Le grand maigre était affalé dans un fauteuil, occupé à déchiffrer une brochure. Ses genoux montaient à la hauteur de sa tête. Les veines gonflées de ses mains, sa mâchoire carnassière, tout chez lui trahissait une nature cruelle et nerveuse. À ses pieds gisaient en vrac un téléviseur à écran plat, des câbles, des restes de carton, des bouts de polystyrène.

– Ouais, fit-il, ça lui ressemble. Y a plus la houppette, mais ça lui ressemble. C'est toi qu'as tué

M. Edgar, hein ? Si on t'accuse, ça doit bien être toi, non ? Qui c'est que ça pourrait être d'autre ?

Sa bonne blague le fit rire. Autant les yeux de l'homme au bonnet étaient vides, autant ceux de Mackie étaient de braise, des yeux de fou.

– Je m'appelle Steven, répéta Jefferson, persuadé que sa survie passerait par ce mensonge, et il reçut le premier coup.

L'homme au bonnet avait changé sa prise et il le tenait maintenant par le col de sa chemise, sous la gorge, toujours à bout de bras. Sa main était si large que la gifle cingla la moitié de la tête de Jefferson dont l'oreille droite se mit à siffler.

– Redis-moi ça…

– Je m'appelle Steven, répéta Jefferson, et la main s'abattit de nouveau.

– Qu'est-ce que tu foutais ici, planqué dans les poubelles ?

Il ne répondit pas.

– C'est son portable ? demanda Mackie sans bouger de son fauteuil. Envoie !

Il eut tôt fait de découvrir la dizaine de photos.

– C'est quoi, ça ? Tu joues à quoi ?

– Je… suis étudiant en architecture, dit Jefferson, je photographie les…

– En arti… quoi ? tonna Mackie. En artichaut ? Tu te fous de notre gueule, en plus ! Regarde, Fox, il a pris la rue, l'entrée, l'escalier, tout. Tu prépares quoi, là ? T'as trouvé comment, ici, hein ?

– T'as entendu ? demanda Fox. Comment t'es arrivé ici ?

– Par hasard, commença Jefferson, je passais dans le coin et je…

La main se leva encore, et cette fois ce fut comme un formidable feu d'artifice, mais noir. Et assez joli, ma foi. Une sorte de bouquet final spectaculaire avec la dernière fusée qui monte très haut, disparaît un instant, puis explose plus haut encore et retombe en somptueuses gerbes qui se démultiplient. Puis il sentit qu'on le jetait par terre. Il entendit le bruit que firent ses membres et sa tête en heurtant le sol, mais ceci ne lui fit pas mal. Je m'appelle Steven, se dit-il encore et il n'y eut plus rien qu'un grand ciel noir et silencieux.

Le rai de lumière qui filtrait sous la porte lui suffit pour comprendre qu'il se trouvait dans un placard à balais. Depuis combien de temps ? Il l'ignorait. Dans la pénombre, il identifia un seau en plastique, une serpillière. L'odeur de moisi prenait à la gorge. La douleur irradiait dans tout son corps : au genou, au crâne, au dos, à la hanche. Le coude en particulier lui faisait un mal de chien. Le sifflement avait adopté une note plus grave, mais il continuait de lui assourdir l'oreille droite. En bougeant un peu, il constata qu'il avait encore trempé son pantalon mais, dans la situation où il se trouvait, cette contrariété lui parut assez secondaire.

Les voix des deux hommes lui parvenaient sans

qu'il ait à tendre l'oreille. Ils étaient en train d'installer le téléviseur tout en bavardant et cela donnait un étrange dialogue.

– Ouais, sans le câble, t'as pas de signaux, c'est normal.

– Le boîtier est fourni avec la box, non ?

– T'as cogné un peu fort, là, on peut plus l'interroger, ce hérisson.

– Y va se réveiller, t'en fais pas. Passe-moi la télécommande.

– Pour moi, y s'est fuité pour pas aller en taule. C'est ce qu'ils disent dans le canard.

– Mets hertzien là, hertzien.

– Tu es certain que c'est celui qu'on a failli écraser ?

– Certain. Et il a tout compris, le petit malin.

Parfois, il y avait des silences, et puis cela recommençait :

– Hertzien, j't'ai dit ! T'es bouché ou quoi ?

– Y nous a trouvés. J'sais pas comment, mais y nous a trouvés. Si on le relâche, il va nous balancer... C'est quel embout, là ? Le jaune ? Y servent à rien, les autres ? C'est d'la daube, c't'engin.

– Pour moi, faut l'piquer.

À ces mots, Jefferson oublia d'un coup toute sa souffrance. La conscience lui revint, aussi claire que si on lui avait jeté un seau d'eau froide au visage. Est-ce qu'il avait bien entendu ? « Le piquer » ? Il essaya désespérément de se rassurer. C'était sans doute un terme technique pour leur fichue télé. Il n'y connaissait rien, mais c'était ça : il fallait *piquer* l'embout. L'embout jaune. Il attendit, presque défaillant de terreur. Est-ce qu'il rêvait ou bien ces deux humains étaient-ils vraiment en train d'envisager son assassinat ? Est-ce que son destin était de mourir ici, dans ce cagibi puant, loin des siens, sans pouvoir dire adieu à quiconque ? Il pensa à sa sœur Chelsea, à Gilbert. Son cœur saigna. Il gémit doucement :

– *Frêêêêêêêêêêêêh…*

Le dialogue se poursuivait de l'autre côté de la porte, tranquille et terrifiant à la fois.

– J'crois aussi. Faut s'en débarrasser. Mais c'est à toi de le faire. Pourquoi y a pas de son, là ? Y a l'image mais y a pas de son. Moi, j'ai déjà piqué le blaireau, j'te rappelle. Alors cette fois, c'est toi qui t'y colles.

Cette dernière phrase était de Mackie, le grand maigre. C'est donc lui qui avait tué de sang-froid ce bon M. Edgar.

– C'est parce que t'es sur *mute*, guignol ! répondit Fox. Passe la télécommande. Le truc, c'est qu'est-ce qu'on en fait après, du bestiau ? Moi, je le foutrais bien…

À cet instant, le son assourdissant du téléviseur, réglé trop fort, envahit tout l'espace.

– … *plus que sept minutes avant le coup de sifflet final, ça va être compliqué pour les Verts, mais ils ont déjà montré à plusieurs reprises cette saison…*, commentait la voix.

– Baisse, abruti ! aboya Mackie.

Le son s'arrêta d'un coup.

– Ça marche ! reprit Fox. Ouais, je le fourrerais bien au fond de la grande poubelle. T'en penses quoi ? C'est là qu'il était, vers les poubelles, y doit aimer ça.

– Elles passent à quelle heure, tes poubelles ?

– À six heures du mat. J'le sais. Y font un boucan d'enfer.

Il y eut à nouveau un long silence, puis la voix éraillée de Fox :

– Bon, tu restes là cette nuit, j'veux pas faire ça tout seul, et demain matin, vers cinq heures, je m'en occupe. Je ferai comme mon père avec les lapins.

– Ah bon, et y faisait comment ton père avec les lapins ?

– Tu le prends par les pattes arrière, tu le laisses pendouiller et tu l'assommes d'un coup de poing sur la nuque. Le lapin arrête de se débattre, il se tétanise, il tremble. Et toi, tu lui enfonces le couteau dans la gorge, au bon endroit pour que ça saigne bien.

– Tu vas en mettre partout.

– Non, je ferai ça dans la baignoire. Ensuite, on le descend discrètement et on le bourre au fond de la poubelle.

– Y vont le voir.

– Non, il est pas gros. Et puis c'est mécanique. Ils accrochent la poubelle, ils la basculent et ça tombe dans le camion. Y voient même pas ce qu'il y a dedans.

Jefferson s'était terré au fond du placard, comme si mettre quelques centimètres de plus entre lui et ces hommes pouvait l'éloigner du danger. Il appuya son front sur ses genoux et resta longtemps ainsi, recroquevillé sur lui-même, tel un petit animal sans défense et terrifié.

Puis, lentement, il réussit à penser de nouveau. Ainsi, sa courte vie se finirait-elle dans la salle de bains d'un appartement inconnu de Villebourg, chez les humains. Il se dit qu'elle avait été belle, sa vie. Il avait eu de la chance : une enfance heureuse, des amis fidèles. Il avait beaucoup ri, lu des livres formidables, écouté de la musique. Il avait commencé des études. Bon, il y avait encore quelques petites choses qu'il n'avait pas faites. Il aurait bien aimé avoir eu une fiancée par exemple, avant de mourir. Ça oui, c'était un peu ballot de partir avant. *Je suis quand même jeune, zut!* se dit-il et les larmes lui vinrent.

Les deux hommes ne parlaient plus. Ils zappaient sur toutes les chaînes possibles, et il y en avait beaucoup, dans toutes les langues. Ils étaient incapables de rester sur la même plus de quinze secondes.

– J'ai les crocs, dit Mackie au bout d'une heure environ. Je vais me prendre une pizza chez Nino. Tu veux quoi ?

– Chorizo ! répondit Fox. Une grande.

– Une trois fromages pour moi, murmura Jefferson, mais ça ne le fit même pas rire.

Il entendit la porte d'entrée s'ouvrir et se fermer, et il lui vint l'idée qu'il pourrait s'échapper. Fox le croyait encore évanoui. Il lui suffirait de se glisser hors du placard et de sortir. Il se leva en veillant à ne pas faire de bruit. Ses jambes le soutenaient à peine. Il exerça une pression sur la porte et comprit qu'il n'y avait rien à espérer de ce côté-là. Elle ne s'ouvrait que de l'extérieur. Il se rassit. Le mieux était de se tenir tranquille. Il se rappela l'histoire du Petit Poucet dans laquelle l'ogre décide d'attendre le lendemain matin pour égorger les sept enfants puis change d'avis au milieu de la nuit parce qu'il a faim. Si Fox avait un coup de fringale, il se contenterait d'aller au frigo, sans doute, mais si Jefferson lui cassait trop les pieds, il pouvait très bien modifier son programme et commettre le pire.

Restaient Gilbert et les Ballardeaux. Que décideraient-ils en ne le voyant pas revenir ? L'attaque était prévue pour le lundi matin. S'ils s'en tenaient à ce plan-là, ils prendraient peut-être les assassins, mais lui, Jefferson, serait mort depuis longtemps, enseveli quelque part sous une montagne de déchets. Et on ne retrouverait jamais son corps.

Quand Mackie revint, un quart d'heure plus tard environ, une bonne odeur de pâte à pizza chaude filtra sous la porte. Jefferson, qui adorait ce plat, l'aurait bien partagé avec les deux assassins. Sauf qu'il imaginait assez mal la conversation : *Un peu de sauce piquante, mon cher Jefferson, euh, mon cher Steven, voulais-je dire ? – Volontiers, mon cher Fox, vous êtes trop aimable. – Je vous en prie, c'est votre dernier repas et il est bien normal que nous vous gâtions.*

Il entendit les bruits de vaisselle dans la cuisine, la porte du four. Malgré le téléviseur, il réussit à suivre à l'oreille les moindres détails de la soirée : la cuisson de la pizza, le bruit de toilettes, les bouteilles de bière qu'on ouvre, qui s'entrechoquent, le tintement des fourchettes et des couteaux contre les assiettes, les rires, les rots, les bâillements.

L'épuisement et l'émotion firent qu'il s'assoupit, enroulé en boule, et lorsqu'il se réveilla, il se trouvait dans le noir le plus total. Le silence régnait dans l'appartement. Quelle heure pouvait-il bien être ? Fox avait dit : « Vers cinq heures du matin, je m'en occupe… » La peur lui tordit l'estomac.

Il se dit que Gilbert ne le laisserait pas. Ils avaient scellé un pacte autrefois, dans leur cabane. Ils s'étaient fait une petite incision au bras avec une branche pointue, ils avaient mélangé leur sang et ils s'étaient promis assistance mutuelle jusqu'à la mort. Gilbert avait fait le pitre et beaucoup ri en jurant, mais il avait juré. Il se dit aussi, hélas, que ce n'étaient que des serments d'ados, que les serments d'ados ne comptent pas, que la vraie vie se charge de les faire oublier.

Il y avait une église, quelque part dans le quartier, et Jefferson entendit sonner, très loin. Était-ce deux ou trois heures du matin ? Il se promit de mieux écouter la fois suivante. Il changeait souvent de position pour moins s'ankyloser : assis, couché sur un côté, sur l'autre, roulé en boule, allongé sur le dos avec les jambes en l'air contre la cloison. Quand les cloches sonnèrent à nouveau, il suspendit sa respiration et écouta : un, deux, trois, quatre. Il était quatre heures.

Dès lors, il ne fut plus qu'une boule d'angoisse. Jamais les Ballardeaux n'attaqueraient la nuit. Ils étaient tous à ronfler dans les lits moelleux du *Majestic*, sauf Gilbert qui se rongeait sans doute les sangs en attendant le petit jour. Restait la chance que Fox et Mackie, saoulés de bière, ne se réveillent pas.

Ce mince espoir fut anéanti au troisième coup de cinq heures, quand la sonnerie d'un réveil déchira le silence de l'appartement. Cette ordure de Fox avait tout prévu. Il avait mis son réveil pour tuer, comme les gens normaux le mettent pour partir au travail ou pour ne pas rater leur train !

Jefferson les entendit s'habiller en marmonnant des phrases qu'il ne comprit pas. Puis il y eut à nouveau le pas traînant de Fox dans le couloir, la porte du placard à balais qui s'ouvre… La panique déclencha dans son cerveau un réflexe instinctif : imiter un sommeil profond. Certains animaux simulent bien la mort pour y échapper ! Le prédateur ne veut pas d'une charogne déjà froide ! Il s'abandonna à plat ventre sur le sol, comme démantibulé, la joue sur le carrelage, bouche ouverte, langue sortie. Il savait que cela n'avait aucune chance de réussir, mais que faire d'autre ?

Cette pathétique mise en scène n'eut aucun effet

sur Fox qui le saisit par les chevilles et le souleva d'un coup avec une facilité déconcertante. De ses poches tombèrent son porte-monnaie et une boîte de pastilles pour la gorge. Alors il s'estima perdu et il passa en une seconde de l'inertie au déchaînement. Il ne se laisserait pas zigouiller comme ça ! Il voulait vivre ! Il hurla : « Au secours ! À l'aide ! » à pleine voix, et il se débattit. Il ne se laissa pas pendouiller ainsi que l'avait espéré Fox. Au contraire, il se tortilla comme un asticot et arriva à le frapper au visage et à l'estomac.

Fox ne s'était pas attendu à cette soudaine révolte, mais ce qui l'inquiéta le plus furent les cris perçants de Jefferson. Il allait alerter les voisins, cet idiot !

– Tu vas la fermer ! ragea-t-il entre ses dents, et il le cogna trois fois de suite à la tête, de son poing gauche fermé, trois coups rapides et violents.

Jefferson, sonné, baissa le volume, mais continua à se débattre. Il arriva même à empoigner l'entrejambe de Fox à travers le pantalon et serra de toutes ses forces.

– Hgrrouiiiiffffff ! gémit Fox, plié en deux. De douleur et de rage, il jeta Jefferson à terre et le bourra de coups de pied.

– Qu'est-ce que tu fous ? demanda Mackie, qui arrivait en bouclant sa ceinture.

– Y m'a bousillé les trucs…, couina Fox.

Mackie rigola.

– Bon, fais vite ! Je veux passer chez moi avant le boulot. J'vais te chercher le couteau.

Entendant le mot « couteau », Jefferson bondit sur

ses jambes et détala vers la porte d'entrée. Il avait déjà la main sur la poignée quand Fox le rattrapa.

– Au secours ! cria-t-il encore, à moi !

Et cette fois, Fox n'eut plus du tout envie de rigoler. Il étendit Jefferson au sol d'un terrible coup à la tempe. Jefferson perdit connaissance quelques secondes et, quand il revint à lui, il était suspendu au-dessus de la baignoire, tenu d'une seule main par les chevilles et il vomissait. Mackie tendait un grand couteau de cuisine à son compère. Leurs paroles résonnaient affreusement dans la salle de bains carrelée.

– Tu sauras faire ?

– Mais oui, donne.

– Tu veux que je le tienne ?

– Oui, j'veux bien. J'arrive pas à l'assommer, cette bestiole.

Mackie posa un pied sur le côté de la baignoire, cala le corps de Jefferson contre son genou pour l'immobiliser et lui tordit les bras dans le dos. Désormais, il était sans aucune défense.

« Au secours ! » essaya-t-il de crier, mais le seul son qui sortit de sa gorge fut un vague gargouillis et un pitoyable :

– *Frêêêêêêêêhhhhh.*

Puis il y eut un silence.

– C'est quoi ? demanda Mackie, aux aguets.

Le *toc-toc* était presque inaudible. Ils tendirent l'oreille tous les trois. Les deux humains avec une légère inquiétude, Jefferson avec un espoir insensé.

Toc toc à nouveau, un peu plus fort, à la porte d'entrée. Un peu plus fort encore, après une pause : *toc toc*. Cela résonnait dans l'immeuble endormi.

– Va voir ! murmura Fox, et Mackie disparut dans le couloir en marchant à pas de loup. Quelques secondes passèrent. Sans doute Mackie regardait-il par l'œilleton.

Il revint.

Fox l'interrogea du regard : « C'est quoi ? »

Mackie fit la moue et écarta les mains.

– Une renarde…

– Ouvre pas. Attends.

Fox avait positionné le couteau et Jefferson éprouvait le contact de sa pointe froide sur son cou. Les deux humains étaient immobiles et écoutaient. Cela dura une dizaine de secondes. On ne frappait plus à la porte.

– Vas-y, dit Mackie en renforçant sa prise.

14

La porte était en bois dur et mesurait au moins trois centimètres d'épaisseur. Aussi, quand elle céda, on eut l'impression qu'un obus venait d'exploser dans l'appartement. Les planches se disloquèrent et le formidable fracas fut aussitôt suivi de cris puissants :

– Mon épaule ! Oh, la vache ! Mon épaule !

Walter Schmitt, lancé comme un bolide, ne put arrêter sa course qu'en percutant le mur opposé, à l'autre bout du couloir, et maintenant il se tenait agenouillé par terre, gémissant :

– Oh, la vache ! Je me suis pété l'épaule !

Fox et Mackie le regardèrent, stupéfaits, mais ils n'eurent pas le loisir de s'interroger bien longtemps sur la présence incongrue en cet endroit d'un sanglier rougeaud et en larmes. Par la brèche ouverte, les vingt-sept autres animaux se ruaient à l'attaque.

– LOCALISATION ! brailla Gilbert.

La cane et la poule Clarisse, accompagnées des

animaux les plus vifs, se dispersèrent dans toutes les pièces en appelant :

– Jeff ! Tu es là ?

– Monsieur Jefferson ! Vous êtes ici ?

– Hou hou ! Il y a quelqu'un ?

Ce fut Clarisse qui déboula la première dans la salle de bains et elle se heurta à Mackie qui en sortait.

– Ils sont làààààààààààààààà ! s'égosilla-t-elle.

– Qu'est-ce que c'est que ce bazar ? gueula Mackie en la repoussant d'un coup de pied dans la poitrine.

– PERCUSSION ! ordonna Gilbert.

La chèvre et son mari s'élancèrent côte à côte. Ils bondirent par-dessus Clarisse et foncèrent tête baissée sur Mackie dont la nuque buta contre l'angle du lavabo. Il s'écroula.

Fox avait lâché Jefferson dans la baignoire. Il fit face à ses assaillants, tendant à bout de bras le couteau dont la lame était rougie.

– Messieurs dames, un problème ? ironisa-t-il par réflexe, mais la stupeur se lisait sur son visage.

– Noooooooooon ! hurla Gilbert en découvrant Jefferson inerte au fond de la baignoire et barbouillé de sang.

– Si, répondit froidement Fox.

Il aurait mieux fait de se taire et de surveiller ses adversaires, car la petite Mme Perlier s'était faufilée ni vu ni connu derrière tout le monde, hissée sur le rebord de la baignoire et elle brandissait au-dessus de la tête de Fox une casserole en fonte empruntée à l'hôtel.

– Fais ga… fais gaga…, bredouilla Mackie qui reprenait vaguement ses esprits.

– Hein ? demanda Fox.

– L'écu… l'écucu…

– DESTRUCTION ! cria Roland qui avait pris le commandement à la place de son cousin.

La casserole s'abattit sur le crâne de Fox qui s'écroula sur son collègue.

– C'est moi qui ai fait ça ? demanda Mme Perlier en le voyant tomber.

Elle observa sa casserole cabossée.

– C'est la première fois de ma vie que j'assomme quelqu'un… Tu m'as vue, Gustave ?

– Je t'ai vue, mon amour…, la félicita M. Perlier. Bravo.

– IMMOBILISATION ! lança Roland.

Entrèrent alors en action les poids lourds du voyage Ballardeau. La dame vache, ses deux nièces vachettes et Mme Schmitt déboulèrent dans la salle de bains et se laissèrent tomber à quatre sur les deux assassins.

– *Uffff !* fit Mackie.

– *Offff ! a*jouta Fox.

M. Frérot, le vieux mouton docteur, était déjà accroupi auprès de Jefferson, dans la baignoire. Gilbert les avait rejoints.

– Jeff ! Jeff ! Parle-moi.

Le docteur allongea Jefferson sur le dos et posa sa tête sur sa poitrine.

– Il respire et son cœur bat. C'est un bon point. Passez-moi la pomme de douche, s'il vous plaît.

La salle de bains s'était remplie d'animaux silencieux. On n'entendait que les pleurs de Simone qui tendait son long cou par-dessus les têtes.

– Il va survivre ? gargouilla-t-elle.

Le docteur Frérot rinça le visage de Jefferson pour mieux voir ses blessures et tout le monde s'étonna de l'entendre glousser.

– Oui, je pense qu'il va survivre. Mais nous sommes arrivés à temps. Le couteau a dû glisser. Tenez, Gilbert, mettez donc ça dans votre mouchoir, au cas où il voudrait la conserver en souvenir.

– C'est quoi ?

– Ça s'appelle une oreille. Mais ne vous en faites pas, c'est plus décoratif qu'autre chose. Il s'en passera très bien.

Quand Jefferson reprit conscience, il vit une dizaine de trognes bienveillantes penchées sur lui : celle réjouie de son ami Gilbert, celles attendries des blaireaux Hild, celle éberluée du chat, celle de Clarisse, celles des deux renardes pour une fois sérieuses, et d'autres encore.

– Je suis bien content que vous soyez arrivés, dit-il. Merci.

Pour un retraité, le docteur eut beaucoup à faire dans les minutes qui suivirent. Il l'avait sans doute pressenti et s'était muni à la *Pharmacie Centrale* de tout le nécessaire en cas de coup dur. Il pansa l'oreille de Jefferson et lui enroula un bandage autour de la tête, puis il lui fit avaler un cachet.

– Avec ça, vous allez bien dormir, expliqua-t-il.

Ensuite, il passa aux deux assassins qui n'étaient plus très loin de mourir asphyxiés, écrabouillés sous le poids de ces dames. Elles se soulevèrent juste assez pour qu'il puisse leur planter la seringue dans les fesses.

– Bonne nuit, messieurs, leur dit-il. Je suis le marchand de sable, vous me reconnaissez ?

L'un et l'autre avaient perdu tout sens de l'humour. Mackie essaya bien de se rebeller, mais ses yeux se fermèrent malgré lui. Quant à Fox, il souriait déjà aux anges, ce qui lui allait fort mal à cause de ses dents pourries.

– Vous pourriez vous occuper de mon mari, docteur ? demanda timidement Mme Schmitt en se relevant.

Pour un peu on aurait oublié ce bon Walter qui n'avait pas bougé du couloir. Il était assis dos au mur et tenait son bras droit replié.

– Bouououh, j'vous ai abandonnés ! pleurait-il. J'aurais voulu participer au combat, mais j'ai l'épaule en vrac. Elle était épaisse, cette saloperie de porte ! Escusez-moi…

– Mais non, le consola Gilbert, tandis que le docteur lui installait une écharpe. Au contraire, vous avez été formidable. Sans vous, on n'aurait jamais réussi.

Le voisin de palier, alerté par le bruit, se tenait en pyjama sur son paillasson et il assista, la bouche ouverte, au spectacle des vingt-huit animaux qui franchissaient les uns après les autres la porte pulvérisée. Tous le saluèrent avec courtoisie avant de prendre l'escalier. Une renarde lui susurra :

– C'est un rêve, monsieur, juste un rêve.

Il se demanda un instant s'il ne devait pas appeler la police, mais quand il vit les deux cochons Roland et Gilbert tirer le corps de Mackie par les pieds et le fourrer dans l'ascenseur, il pensa que la renarde avait raison : ce n'était qu'un de ces rêves bizarres qu'on fait parfois au petit matin. Et il retourna se coucher après avoir pris un calmant.

Le car Ballardeau était garé juste devant le numéro 44. À cette heure-là, le boulevard était désert. Une pluie fine faisait briller la chaussée. Les deux gredins furent saucissonnés par les soins du chat Émile qui s'y connaissait en nœuds, et glissés bien au fond du coffre à bagages. On accumula devant eux un véritable mur de valises et de sacs pour les dissimuler.

L'infirmerie fut aménagée au fond du car. M. Schmitt eut droit à des coussins pour caler son épaule et amortir les secousses. Jefferson, que le cachet administré par le docteur Frérot avait bien sonné, put s'allonger sur deux sièges, au chaud sous une couverture et la tête sur un oreiller de voyage. À ceux qui lui demandaient s'il allait bien, il se contentait de répondre d'une voix pâteuse : « Oui, mais j'ai pas rendu le parapluie à l'hôtel, ça m'embête… », comme si ça avait eu la moindre importance à cet instant.

On pensait que les malheurs se limiteraient à ces deux-là, mais il s'ajouta au dernier moment un troisième blessé. En transportant les prisonniers dans le coffre, Roland avait trébuché sur l'angle du trottoir et s'était tordu la cheville gauche au point qu'en quelques minutes, elle ressemblait à un ballon de handball. Le docteur Frérot diagnostiqua sans hésiter une belle entorse, si bien qu'il n'était plus question pour le malheureux chauffeur de reprendre le volant.

– Pour le volant, ça irait encore ! commenta-t-il en riant jaune, mais pour la pédale d'embrayage, c'est mort, et j'ai pas l'intention de faire 460 kilomètres en première !

Ils montèrent tout de même, et quand tous furent installés, Roland se souleva sur une jambe.

– Bon, qui peut conduire à ma place ?

Cette question en principe très simple jeta la confusion la plus totale dans le groupe, d'autant plus qu'il ne fallait pas traîner dans le coin.

– Je n'ai pas mon permis, dit Simone.

– *Moi non plus*, mima le chat.

– Moi non plus, dit Mme Hild.

– Je n'ai plus piloté de véhicule automobile depuis douze ans, dit son mari.

– Je n'arrive pas aux pédales, dit Clarisse.

– Nous avons une petite voiture électrique, dirent les écureuils Perlier. Alors un car, pensez…

Chacun et chacune avait une bonne raison pour ne pas s'asseoir au volant, et quand tous l'eurent donnée, les regards se tournèrent vers le seul qui n'avait rien dit.

– Gilbert, mon garçon, commença Roland en se massant la cheville, à toi de jouer ! On est cousins, on se ressemble. Tu mets ma veste, ma casquette et, en cas de contrôle, tu t'appelles Roland. Zou, c'est parti !

– Comment ça, zou, c'est parti ? Vous oubliez un détail, un truc tout bête.

– Quel truc tout bête ?

– C'est que je sais pas conduire ! Je connais le Code par cœur, mais j'ai jamais conduit, moi !

– Taratata ! Je reste à côté de toi et je t'aide. Allez ! On n'a pas le choix ! Il faut partir !

En temps normal, la proposition de Roland se serait heurtée à un refus catégorique, mais les Ballardeaux venaient de vivre ensemble une nuit tellement folle qu'ils perdirent tout sens commun et qu'ils se mirent à scander : « Gil-bert ! Gil-bert ! » en tapant dans leurs mains.

– Bon, souffla celui-ci en coiffant la casquette de son cousin, vous l'aurez voulu.

Il parcourut les cent cinquante premiers mètres en faisant frotter les pneus contre le trottoir.

– Redresse ! gémissait Roland, assis près de lui. Redresse, ça sent déjà le caoutchouc brûlé !

Puis il passa le kilomètre suivant à essayer de changer de vitesse. Roland multipliait les conseils :

– Embraye ! Embraye ! La pédale de gauche ! Plus vite ! Non, moins vite ! Eh oui, tu as calé, c'est normal ! Là, c'est bien, mais tu accélères trop ! Débraye ! Non, t'es pas en première, t'es au point mort, là, ça peut pas démarrer. Pousse le levier au bout ! Pousse ! Pousse ! Pousse ! Embraye ! Pas si vite ! Ben oui, tu y vois rien, c'est normal, tu as ta casquette devant les yeux, relève-la ! Redémarre ! Accélère ! Embraye ! Non, ne klaxonne pas ! Embraye ! Ouiiiiiiiii ! Doucement ! Freine ! Freine !

Le car tressautait, pilait, bondissait en avant, les essuie-glaces se déchaînaient, le moteur calait, rugissait, la boîte de vitesses hurlait sa douleur. Quand Gilbert réussit enfin à passer la seconde, ce fut une clameur dans le car et tous reprirent sur l'air des lampions : « Gil-bert ! Gil-bert ! »

Par chance, la circulation était calme en ce petit matin et ils purent s'extirper de la ville en ayant embouti seulement trois voitures en stationnement et râpé tout un côté du car contre un mur qui, d'après Gilbert, s'était brusquement jeté devant lui. Quant aux ronds-points, il y entrait en coupant la route à tout le monde et en faisait souvent deux fois le tour avant de sortir. Il parvint finalement à passer la troisième vitesse dans un enthousiasme indescriptible et le car jaune fila dans la campagne que la pluie faisait étinceler. Ils évitèrent prudemment l'autoroute. Gilbert aurait préféré mourir plutôt que de s'y aventurer.

Au volant, le malheureux dégoulinait de sueur.

4N 1M 4L

– Jamais j'arriverai au bout…, gémit-il, mais il y eut une très longue ligne droite sur laquelle il atteignit la vitesse de 64 km/h et où il n'eut aucune manœuvre à accomplir. On en profita pour s'occuper de lui : une renarde vint lui éponger le front avec son mouchoir, Mme Hild lui fit boire un thé chaud, Clarisse lui massa les épaules.

Cela allait mieux, mais il resta tout de même coincé un bon quart d'heure derrière un tracteur agricole sans oser doubler et, quand il se décida à le faire, les dents serrées, moteur hurlant, les Ballardeaux entrèrent pratiquement en transes. « Gil-bert ! Gil-bert ! » scandèrent-ils à nouveau jusqu'à ce qu'ils aient dépassé le paysan éberlué. Beaucoup s'embrassèrent.

Une jeune vachette, installée tout à l'arrière, s'avança pour signaler qu'une petite voiture rouge avec un vélo dessus les suivait depuis Villebourg. Elle s'arrêtait quand ils s'arrêtaient, et repartait quand ils repartaient. Bizarre, non ?

– Pas le temps de s'occuper de ça, répondit Roland. On roule, on roule !

Ils ne s'arrêtèrent ni pour manger ni pour boire ni pour aller faire pipi. Leur désir le plus profond était d'atteindre la frontière le plus tôt possible. Comment Gilbert réussit-il à amener tout son petit monde jusque-là ? Cela tint du miracle, mais il y arriva. Enfin presque.

Il ne restait plus que quelques kilomètres à parcourir

sur la départementale quand une voiture de police les doubla. Le clignotant et le bras d'un policier à la vitre, côté passager, ne laissaient la place à aucun doute : contrôle !

Gilbert réagit avec un temps de retard.

– Freine ! Frei-ei-ei-ei-ne ! cria Roland, et le car s'immobilisa sur le bas-côté, à trente centimètres du pare-chocs de la voiture de police.

Le moteur cala en un dernier soubresaut et un silence de mort se fit.

15

Le policier qui monta à bord n'avait pas envie de plaisanter. Ses maxillaires puissants, ses lèvres minces et ses yeux d'un bleu métallique laissaient redouter le pire. Il portait un gilet pare-balles par-dessus son uniforme et une casquette sur laquelle était écrit fort à propos le simple mot : DOUANE.

– Messieurs dames, bonjour, dit-il en portant un doigt à sa visière.

– Bonjour, monsieur ! répondirent tous ensemble les vingt-huit animaux.

– Je suppose que vous savez pourquoi nous vous arrêtons ? demanda le policier.

– Euh… non, bredouilla Gilbert qui suait à grosses gouttes, toujours accroché à son volant. Enfin si, un peu…

– Nous vous suivons depuis quelques minutes et vous avez battu une sorte de record du monde : en huit kilomètres vous avez commis dix-sept infractions au Code de la route.

– Excusez-moi, je…

– Mais vous avez beaucoup de chance, nous ne sommes pas la police de la route, nous sommes celle des douanes, et ça ne nous concerne pas. En revanche, nous aimerions beaucoup contrôler les bagages qui se trouvent dans votre soute. Pourriez-vous l'ouvrir, s'il vous plaît ?

– Mais oui, avec plaisir, euh… tu as la clé, Roland ?

Entre-temps, Roland avait changé de sport et sa cheville, posée sur une glacière, avait atteint le volume d'un ballon de football. Il entreprit, en se tortillant, de fouiller l'une après l'autre les innombrables poches de son pantalon et de sa veste.

– Alors, voyons cette clé… elle n'est pas là… pas là non plus… ici peut-être… non plus… ah, mais c'est dingue, ça, quand même… ah, la voilà !… et non, raté, c'est la clé de mon placard à vélo… oui, parce que je me suis mis au vélo électrique et, vu le prix, j'ai pas envie qu'on me le vole, vous comprenez ? Vous avez essayé le vélo électrique, monsieur ? Ah, je vous jure, c'est formidable. En côte, vous avez l'impression de…

Le regard du policier se durcit encore et sa chaussure droite commença à tapoter nerveusement le plancher du car. Les Ballardeaux se taisaient, et c'est dans ce silence qu'on perçut un sourd *boum boum boum*. Cela ressemblait à des coups portés de l'intérieur d'une caisse. Suivit un appel lointain :

– Ouvrez…

La voix était étouffée mais audible. Tout le monde l'avait entendue sauf le policier qui était sans doute un peu dur d'oreille.

– Ouvrez… sortez-moi d'là ! fit la voix, à peine plus sonore.

Et de nouveau *boum boum boum*. Lequel des deux assassins s'était-il réveillé ? Et comment arrivait-il à taper ainsi alors qu'on les avait bien ficelés tous les deux ? Sans doute avec la tête. En tout cas, cela ne pouvait pas arriver à pire moment.

Comment Clarisse eut-elle ce coup de génie ? Elle s'en étonna elle-même par la suite. Toujours est-il qu'elle eut le réflexe miraculeux d'enchaîner aussitôt en tapant elle-même du poing et en rythme sur le côté du car, puis elle se mit à chanter :

– Ouvrez ! Ouvreeeez ! Ouvrez, sortez-moi d'là ! Ah ah !

Les deux vachettes, Mme Frérot et Mme Perlier, réagirent au quart de tour :

– Ouvrez ! Ouvreeeez ! Ouvrez, sortez-nous d'là ! Ah ah !

Les voix masculines s'ajoutèrent, une octave en dessous, tandis que les poings martelaient la tôle du car *boum boum* :

– Ouvrez ! Ouvreeeez ! Ouvrez, sortez-nous d'là ! Ah ah ! Ah aaaaah !

Mais ils ne pouvaient pas reprendre à l'infini ce refrain absolument stupide. Il fallait des couplets et

c'est là que M. Hild montra tout son talent. De sa capacité à inventer dépendait le sort de ses compagnons de voyage et il le fit si bien qu'on eut l'impression que la chanson existait depuis toujours :

– Dans son cachot sordide/Léonard de Vinci/en prisonnier candide/se lamentait ainsi :

Des rimes riches en plus ! Le car entier entonna le refrain, tous redoublant de grands coups de poing :

– Ouvrez ! Ouvreeeez ! Ouvrez, sortez-moi d'là ! Ah ah !

M. Hild reprit de sa voix basse et improvisa brillamment un deuxième couplet :

– Dans une prison sinistre/deux vaillants hérissons/se plaignant au ministre/chantaient à l'unisson :

– Ouvrez ! Ouvreeeez ! Ouvrez, sortez-nous d'là ! braillèrent les vingt-huit Ballardeaux pour couvrir les coups qui résonnaient à nouveau dans la soute. Ah ah ! Ah aaaaah ! Sortez-nous d'ce-trou-à-rats !

– La clé ! ordonna le policier, pour le moins décontenancé.

Roland, qui venait de la retrouver, fit mine de la laisser échapper sous son siège et Gilbert se jeta à plat ventre pour la récupérer.

– Ah, c'est agaçant, je la touche du bout des doigts et ça la repousse ! J'arrive pas à l'attraper. Vous auriez pas une aiguille à tricoter sur vous, ou quelque chose comme ça ?

Roland continuait à distraire le policier sur le

thème du vélo électrique, et comme les autres chantaient à tue-tête, il lui fallait s'égosiller pour se faire entendre :

– Oui, vous avez plusieurs réglages, vous comprenez, vous pouvez moduler l'aide apportée par le moteur. Par exemple, si la côte n'est pas très forte et que vous êtes en jambes, vous demandez l'assistance minimum, mais au premier raidillon ou même si vous avez un petit coup de moins bien, comme on dit, ah, ah, alors vous pouvez…

Le policier s'essuya le front avec son mouchoir. En vingt ans de police des douanes, il n'était jamais tombé sur des zigotos pareils. Entre l'exposé sur les avantages du vélo électrique, le vacarme, les chants sauvages et la clé introuvable, il sentait la situation lui échapper de plus en plus. Par ailleurs, c'était la première fois de sa carrière qu'on lui demandait s'il aurait par hasard sur lui *une aiguille à tricoter ou quelque chose comme ça*. À cet instant, on aurait très bien pu imaginer qu'il abandonne purement et simplement la partie et qu'il renonce à tout contrôle. Hélas, son collègue apparut soudain sur le marchepied.

– Mon commandant, j'ai essayé d'ouvrir comme ça… et c'est pas fermé à clé.

Le policier jeta un regard furibond à l'ensemble des animaux et descendit du car. Les chants cessèrent. Gilbert se releva, écarta les deux bras et les laissa retomber sur ses cuisses. Cela signifiait : *Voilà, nous avons fait notre maximum, mais là, je crois bien que nous sommes fichus.*

– C'est à cause de mon parapluie, la police ? demanda Jefferson, complètement dans les choux, je suis désolé, c'est de ma faute... je voulais le rendre mais...

M. Schmitt tenta de le rassurer :

– Mais non, mais non, rien à voir avec votre pébroque, Jefferson. Dormez tranquille.

Tous ceux qui se trouvaient côté talus collèrent le nez aux vitres pour assister en direct à la suite des événements. Elle n'était pas difficile à prévoir : d'ici quelques secondes, les policiers découvriraient les deux humains saucissonnés dans le coffre et ce serait l'apocalypse. Les Ballardeaux seraient tous menottés, jetés dans un fourgon puis embarqués direction Villebourg pour y être interrogés, cuisinés, condamnés et emprisonnés par paquets de quatre dans de sombres cachots, et ils pourraient bien brailler « ouvrez ouvrez sortez-nous d'là ! » pendant des années, personne ne viendrait à leur secours. Voilà ce qui allait se produire.

Comme son cousin était incapable de poser le pied par terre, Gilbert descendit à sa place, résigné au pire. Mais, comme il aimait souvent à le dire, le pire n'est jamais certain. Le commandant s'apprêtait à faire basculer la porte de la soute, quand il arriva quelque chose de tout à fait sidérant : un VTT lancé à pleine vitesse surgit entre le talus et le car. Il frôla Gilbert et se faufila entre les deux policiers. La jeune femme qui le pilotait avait des cheveux courts et coiffés en pétard, des cheveux… orange. Elle tendit le bras, arracha la casquette du commandant, la mit à l'envers sur sa tête à elle et pédala comme une damnée en direction de Villebourg. Elle y mettait tout son cœur, coudes écartés, le nez sur le guidon. Le policier laissa échapper un juron et plusieurs insultes dont la plus douce était : « Oh, la garce ! » Il se lança à sa poursuite, flanqué de son collègue. Mais à pied, ils n'avaient aucune chance de rattraper la fuyarde. Ils revinrent donc à leur voiture en courant comme s'ils avaient participé à la finale olympique du cent mètres, sautèrent à bord et exécutèrent un demi-tour qui fit hurler les pneus. L'humiliation leur donnait des ailes. La petite insolente allait payer très cher son audace, oh oui, très cher !

– On vous attend ici, messieurs ? leur demanda Gilbert avec son air le plus innocent.

– Vous, circulez ! hurla le policier par sa vitre baissée. Et cela voulait dire : *Dégagez, je vous ai assez vus !*

Les Ballardeaux ne se le firent pas dire deux fois. Ils reprirent leur place, et ceux qui n'avaient pas eu le temps de le faire se trouvèrent collés à leur siège à la suite du démarrage foudroyant de Gilbert. Les deux renardes qui étaient assises à l'arrière se retournèrent pour voir comment Roxane allait s'en sortir.

– Elle pédale toujours, dit l'une.

– Oh, mon Dieu, ils la rattrapent ! dit l'autre.

– Oui, elle zigzague pour les semer, mais c'est fichu.

– Oui, ça y est, ils l'ont coincée.

Elles se turent un instant puis se mirent soudain à pousser des cris de joie.

– Qu'est-ce qui se passe ? Qu'est-ce qui se passe ? demandèrent les Ballardeaux.

– Elle accélère !

– Ouh, là là, qu'est-ce qu'elle fait ?

– Elle franchit le talus ! Elle est entrée dans le bois !

– À vélo ?

– Oui, à vélo ! Elle a disparu !

– Ils la suivent ?

– Mais non, ils peuvent pas.

– Qu'est-ce qu'ils font ?

– Ben, rien du tout. Ah si : celui qui a encore sa casquette vient de la jeter par terre.

Une formidable clameur s'éleva dans le car :

– Ouai-ai-ai-ai-ais !

Puis retentit le chant qui était devenu en quelques minutes leur hymne national :

– Ouvrez ! Ouvreeeez ! Ouvrez, sortez-nous d'là ! Ah ah ! Ah aaaaah !

À la frontière, on les laissa passer aussi facilement que dans l'autre sens une semaine plus tôt. À peine l'avaient-ils franchie qu'ils s'accordèrent un bref arrêt sur une aire de repos pour se restaurer, se dégourdir les jambes, et aussi afin que M. Frérot administre discrètement une petite piqûre de rappel aux deux voyageurs clandestins, de quoi les faire tenir tranquilles quelques heures encore.

Ils repartirent à la nuit.

Beaucoup s'endormirent, la tête sur leur veste ou sur leur oreiller de voyage, le couple Frérot avec leur plaid tout neuf sur les genoux. Quelques-uns commencèrent à lire ou à bavarder à voix basse avec leur voisin. M. Schmitt tenait son coude droit dans sa main gauche et gémissait doucement. « On arrive bientôt, chéri, ne t'en fais pas », l'encourageait sa femme. Jefferson dormait comme une souche. Au volant, le malheureux Gilbert était proche de l'épuisement. Son dos s'arrondissait, ses paupières devenaient de plus en plus lourdes à soulever et la conduite de nuit était un défi de plus.

– J'ai appris dans le Code qu'on doit pas conduire plus de trois heures à la suite, et j'en suis à combien, là ? Au moins quatorze, non ?

Roland ne quittait pas la route des yeux et lui parlait sans cesse.

– C'est bien, mon gars… oui, reste en phares… laisse-le doubler celui-là, va, serre à droite… c'est bien… c'est très bien… remets-toi en codes, là… t'as pas soif ?

Gilbert ne roulait pas vite et il était près de trois heures du matin quand le petit car jaune Voyages Ballardeau parvint à destination et se gara sur le gravier, devant la gendarmerie. Elle était dans l'obscurité, sauf une lampe grillagée devant le portail. Roland descendit du car, sauta à cloche-pied jusqu'à la sonnette et pressa le bouton.

– Oui ? demanda une voix masculine.

– Bonsoir, je m'appelle Roland, dit-il. Je travaille pour les Voyages Ballardeau, vous savez, les cars…

– Oui…

– Oui, eh bien, je viens de garer notre car devant chez vous. Dedans, il y a vingt-sept animaux qui participaient à un voyage chez les humains…

– Oui…

– Oui, et parmi ces animaux, il y a le hérisson Jefferson qui est accusé du meurtre de M. Edgar, le blaireau. Mais ce n'est pas lui le coupable. Le coupable, il est saucissonné dans le coffre à bagages avec son complice. On vous le ramène.

Il y eut un silence de quelques secondes dans l'interphone, puis :

– Pouvez-vous répéter ce que vous venez de dire, s'il vous plaît ?

Roland répéta.

– Ne bougez pas.

Quand le gendarme, un grand chien danois, monta dans le car, accompagné d'une collègue, ils eurent la surprise de trouver tous les passagers endormis, tête renversée en arrière ou sur l'épaule du voisin. Certains ronflaient doucement. Le chauffeur lui-même dormait sur son volant, le sourire aux lèvres.

– Il a l'air bien jeune, votre chauffeur, là, murmura la gendarme, attendrie par ce paisible spectacle. Il a son permis ?

– Oui, murmura Roland, enfin… non.

– Bon, on verra ça plus tard. Où se trouve Jefferson ?

Roland les précéda dans l'allée centrale jusqu'à l'arrière du car. Les deux gendarmes sortirent leurs pistolets de service et les braquèrent sur le jeune hérisson. Allongé sur deux sièges, la tête entourée d'un pansement légèrement rougi à l'emplacement de l'oreille, celui-ci ouvrit un œil, puis deux. Son menton se mit à trembler.

– Ne tirez pas… je… j'en achèterai un autre, c'est promis… je le remplacerai…

16

Quand Jefferson se réveilla pour de bon, il ne vit aucun pistolet pointé sur lui par un policier menaçant. Il ne vit pas non plus de couteau de cuisine brandi par un humain prêt à le saigner comme un lapin d'élevage, ni même le doigt accusateur du directeur du *Majestic* venu lui réclamer le parapluie oublié. Il ne vit que le bon sourire d'une perdrix infirmière penchée sur lui et dont les yeux, grossis par d'épais verres de lunettes, mangeaient tout le visage.

– Alors, monsieur Jefferson, comment vous sentez-vous ?

– Je me sens très bien, dit-il.

C'était la vérité. Il flottait dans une douce somnolence et n'avait mal nulle part. L'infirmière baissa la voix :

– Est-ce que je pourrais avoir un autographe ?

– Un autographe ? Euh… pourquoi ?

Elle l'aida à s'asseoir, cala l'oreiller derrière son dos et sortit de la poche de sa blouse un petit carnet à spirale et un stylo.

– Là, s'il vous plaît.

Il écrivit son nom sur la première page : Jefferson

– C'est mon premier autographe, avoua-t-il, un peu intimidé.

– Ah, vraiment ? Eh bien, je crois que ce ne sera pas le dernier. Je vais prévenir que vous êtes réveillé. Attendez-vous à en signer beaucoup d'autres.

Au moment de sortir, elle se ravisa et revint vers lui en trottinant.

– Est-ce que vous pourriez m'en faire un deuxième, je vous prie ? J'abuse, n'est-ce pas ? Mais c'est pour ma maman. Elle vous admire beaucoup.

Elle fila avant qu'il ait eu le temps de demander ce qu'il fabriquait ici, à l'hôpital. Il fit bouger ses orteils, ses pieds, ses jambes. Tout fonctionnait normalement. Il activa sans problème ses deux bras. Il remua la tête comme pour dire non, puis comme pour dire oui. C'est alors qu'il sentit le volume, dessus. Il aventura sa main et rencontra un bandage qui lui entourait le crâne et passait sous le menton. Cela lui faisait une sorte de cagoule. En explorant plus haut, il toucha sa courte houppette en cours de repousse. On avait ménagé un trou pour la laisser sortir.

L'infirmière avait raison. Dix minutes ne s'étaient pas écoulées que Gilbert déboulait dans la chambre.

– Salut, hérisson ! Oh, la vache, tu ressembles à un œuf de Pâques ! Je peux faire une photo ?

– Si tu veux. L'infirmière vient de me demander un autographe. Qu'est-ce qui se passe ?

– Il se passe que tu es en train de devenir une star, mon gars !

– Une star ? Il va falloir que tu m'expliques. Il y a dix jours, j'étais l'ennemi public numéro un, et maintenant… Je suis ici depuis quand, d'ailleurs ? J'ai quoi à la tête ? On est quel jour ?

– On est mercredi matin. Tu as dormi toute la journée d'hier. Un petit sourire, s'il te plaît ?

Gilbert fit une dizaine de clichés puis s'assit au bord du lit.

– Bon, je vais tout te raconter. Tu en es resté où ? Je veux dire, ton dernier souvenir de Villebourg, c'est quoi ?

Jefferson dut se concentrer quelques secondes pour dissiper le brouillard de son cerveau.

– Mon dernier souvenir ? Euh, je suis pendu la tête en bas au-dessus d'une baignoire, dans une salle de bains. Fox me tient par les chevilles et Mackie me bloque avec son genou. Fox a un grand couteau à la main et…

À ces mots, il émit un faible couinement : « *frêêêêêêh* » et les larmes lui vinrent aux yeux. Il n'était pas près d'oublier ce cauchemar. Gilbert lui posa une main sur l'épaule.

– Ouais, on est arrivés à temps, c'est sûr ! Tu pourras remercier Walter Schmitt et tous les autres.

– Ensuite, je me vois vaguement allongé au fond de la baignoire avec toutes vos têtes penchées sur moi. Après, je sais plus…

Gilbert le fit rire en lui racontant le formidable assaut de l'appartement du boulevard et le pétaradant voyage de retour avec lui, Gilbert, au volant du car. Leur arrivée nocturne au pays avait été assez piteuse, mais dès le lendemain, le scénario s'était emballé.

Les deux humains avaient été cuisinés sans ménagement par la police canine. Après avoir nié, puis s'être accusés l'un l'autre pendant une demi-journée, ils étaient finalement passés aux aveux et on connaissait maintenant la vérité sur le drame. C'était bien Mackie l'assassin de M. Edgar. Ses empreintes digitales sur la paire de ciseaux l'accablaient. Il s'était présenté à *Défini-Tif* comme un client normal, ce matin-là, et avait demandé à M. Edgar de lui faire la barbe. Mme Kristiansen dormait déjà sur son siège. Elle n'avait rien vu, rien entendu. Fox faisait le guet à l'extérieur. Mackie avait tout simplement pris les ciseaux sur une étagère et les avait plantés de sang-froid dans la poitrine de M. Edgar. Comme celui-ci s'était effondré sans un cri, Mme Kristiansen ne s'était pas réveillée. Heureusement pour elle, d'ailleurs, parce que, sinon, elle se serait fait embrocher sur-le-champ. Ensuite, Mackie avait verrouillé la porte de l'intérieur pour empêcher les clients d'entrer et retarder ainsi la découverte du corps. Puis il était sorti par la fenêtre qui donne sur l'arrière,

avant de s'enfuir sur les chapeaux de roues avec son compère.

– En bref, je suis innocenté ? conclut Jefferson.

– Tu es plus qu'innocenté ! Tu es devenu le héros qu'on a accusé à tort. À propos, Carole demande si elle peut te rendre visite ? Je lui dis quoi ?

– Euh, pour ça, je préférerais attendre de ne plus avoir ce truc-là sur la tête. C'est quoi, en fait ? Qu'est-ce que j'ai ?

Gilbert éclata de rire.

– Ce que tu as ? Je t'explique. Fox a dû faire un faux mouvement avec son couteau quand on a envahi l'appart et il t'a sectionné l'oreille droite. C'est moi qui l'ai récupérée dans mon mouchoir. Un petit triangle soyeux, mignon comme tout, t'aurais vu ça ! J'allais l'emporter pour te la rendre, en souvenir, quoi... Mais Clarisse a été bien plus maligne. Elle a eu le bon réflexe. Elle l'a mise dans un Tupperware rempli de glaçons, ta petite oreillounette, et elle l'a donnée ici, à l'hôpital. Et ils te l'ont recousue ! Voilà !

Les jours suivants, on assista à un véritable défilé dans sa chambre. Ce furent d'abord les membres de sa famille, en tout premier sa sœur Chelsea qui portait justement la jupe blanche et le chemisier bleu ciel qu'il lui avait empruntés pour aller en ville incognito.

Ensuite se présentèrent une bonne partie des Ballardeaux, par petits groupes de trois ou quatre. Ils ne s'étaient pas dispersés et perdus de vue dès le retour comme c'est l'usage après la plupart des voyages organisés. Les émotions partagées les avaient unis. Tous se montrèrent émus de voir leur petit compagnon de voyage ainsi empaqueté dans son lit d'hôpital. Leurs cadeaux envahirent la table de la chambre au point qu'il fallut les empiler.

Les demandes de journalistes affluèrent, mais Jefferson n'accepta d'en recevoir qu'un seul : celui qui avait tenu à le présumer innocent et qui l'avait écrit dans son journal. C'était un jeune cheval, avec les cheveux tirés en arrière en catogan. Il le fit asseoir près de son lit et lui raconta par le menu l'intégralité de l'affaire, depuis la voiture qui avait failli l'écraser jusqu'à la capture des deux assassins. Le jeune cheval, ravi de cette aubaine, notait aussi vite que possible, massant parfois son poignet endolori.

Au milieu de leur entretien, le portable de Jefferson vibra sur sa table de nuit. Il s'excusa, tendit la main. Le texto provenait de chez les humains, mais le numéro de l'expéditeur lui était inconnu. Quant au message, il semblait rédigé en langage codé :

Écureuil rousse à casquette enfuie dans la forêt... stop... espère animaux bien arrivés... stop... combat continue... stop... vive la vie...

Un après-midi, Jefferson somnolait dans sa chambre d'hôpital quand quelqu'un frappa à sa porte. Voyant entrer Carole, il se félicita qu'on l'ait débarrassé le matin même de son énorme bandage. Il ne lui restait sur l'oreille droite recousue qu'un léger pansement tenu par un bandeau qui lui enserrait le front.

– Je ne vous dérange pas ?

Oh, non, elle ne le dérangeait pas. Au contraire. Il se redressa pour s'adosser à son oreiller et la regarda. Ses yeux étaient encore remplis de tristesse, lui sembla-t-il, mais elle était charmante sans sa blouse de *Défini-Tif*, et sa laryngite n'était plus qu'un mauvais souvenir.

Tout d'abord, il la guida pour qu'elle trouve dans son armoire métallique la carte postale envoyée par M. Edgar.

– Pardon, elle a été un peu manipulée parce que je l'ai montrée à tous les Ballardeaux pour les convaincre que je ne racontais pas d'histoires. Et je l'ai ensuite toujours gardée sur moi, comme porte-bonheur.

– Et ça a marché, apparemment ?

– Oui, ça a marché. On a eu beaucoup de chance !

– Vous avez eu du courage aussi. C'est pour ça que je suis venue vous voir. Pour vous le dire. Et vous remercier.

Jefferson rosit de fierté.

– Vous voulez un chocolat ? On m'en a apporté des kilos. Servez-vous.

Elle en prit un, le sortit lentement de son papier.

– Et puis, j'ai une bonne nouvelle. Enfin, j'espère que vous considérerez ça comme une bonne nouvelle.

– Dites-moi.

Elle prit le temps de mettre le chocolat dans sa bouche et de le déguster.

– Eh bien, voilà : mon oncle avait prévu qu'il

pourrait lui arriver malheur et donc établi un testament. Je ne le savais pas. Figurez-vous qu'il me lègue *Défini-Tif*. J'ai hésité quelques jours et bien réfléchi, mais ça y est, je suis décidée : je reprends l'affaire. Le temps de régler l'administratif et hop, on ouvre !

Le joyeux *hop !* se doublait d'un sourire douloureux.

– Vous avez raison ! s'exclama Jefferson, mais il ne faut pas être triste. Il faut que la vie reprenne ! M. Edgar aurait adoré ça.

– J'en suis certaine, reprit-elle. Je voudrais juste changer l'enseigne, pour tourner la page. J'ai pensé à *Posi-Tif* ! Et je mettrai un beau portrait de mon oncle dans le salon.

– Je trouve l'idée magnifique ! lança Jefferson. Et j'aimerais bien être votre premier client. Enfin, je ferai un drôle de client, avec mon oreille, là…

Elle s'essuya les yeux.

– Oh, ne vous en faites pas pour ça. Vous avez du volume capillaire et ce sera facile de cacher la cicatrice s'il y en a une.

Ils parlèrent encore de M. Edgar et de son secret.

– Jamais je n'aurais pensé à ça, avoua-t-elle. Mais ça ne m'étonne pas de lui. Il était généreux et philosophe. Ça lui ressemble, ce combat pour les animaux.

Jefferson approuva mais n'osa pas dire ce qu'il avait sur le cœur. Pendant ses longues heures désœuvrées à l'hôpital, les images de l'abattoir lui étaient sans cesse revenues : ces centaines de milliers d'animaux abattus chaque jour, ces moutons suppliciés, ces cochons battus, ces vaches dans le silence de la nuit, en attente de mourir. Reprendre le salon de coiffure de M. Edgar était une belle chose, assurément, mais continuer son combat en serait une plus belle encore. Seulement comment s'y prendre ?

– Ah oui, dit-il après un silence, je vous ai rapporté un petit quelque chose de là-bas, mais il faut que vous retourniez à mon armoire.

Il la guida à nouveau jusqu'à ce qu'elle trouve son cadeau. Elle le déplia. C'était une boule de verre dans laquelle était représenté un quartier de Villebourg, celui du canal, avec les maisons aux façades colorées, là où M. Edgar avait pris sa location et, lorsqu'on renversait cette boule, la neige tombait sur les toits, silencieuse.

17

Jefferson retrouva son logis tel qu'il l'avait laissé deux semaines plus tôt. En tournant la clé, il eut l'impression qu'il en était parti depuis des mois. Il s'était passé tant de choses en si peu de temps.

Il ôta ses chaussures dans l'entrée, posant tour à tour son pied droit puis son pied gauche sur le tabouret, enfila ses pantoufles, accrocha sa veste à la patère et se dirigea vers la cuisine. Dans le four, ses pommes de terre à la crème s'étaient réduites à une triste bouillie recouverte d'une croûte noirâtre. Beurk. Il les jeta à la poubelle. Puis il se laissa tomber sur son canapé et resta un moment ainsi, parfaitement immobile, un peu maussade à vrai dire. Pendant le voyage, la solitude lui avait parfois manqué. Il s'était souvent imaginé de retour chez lui, bien tranquille, libre enfin de ses horaires et de ses mouvements, libre de ne rien faire, sans même Gilbert à ses côtés. Maintenant, il y était, chez lui, et voilà qu'il avait la nostalgie du groupe, des éclats de voix, des rires.

Il en était là de ses pensées quand son téléphone portable sonna. Gilbert sans doute. Non, c'était la poule Clarisse.

– Bonjour, Jefferson, j'ai appris que vous aviez quitté l'hôpital et je voulais vous inviter à une soirée la semaine prochaine.

– Une soirée ? Mais une soirée… de quel genre ?

– Eh bien, nous avons loué une salle des fêtes, en ville. Quand je dis « nous », je veux dire nous les Ballardeaux, bien sûr. Ce sera l'occasion de nous revoir et d'échanger nos photos de Villebourg. Chacun apportera quelque chose à manger, on fera une sorte de buffet… Ça vous tente ? Vous pouvez inviter quelqu'un si vous voulez.

Bien sûr que ça le tentait ! Quand il raccrocha, il se rendit compte qu'il souriait jusqu'aux oreilles. Il savait déjà qui il allait inviter et quel plat il apporterait.

Il arriva à la salle des fêtes, le jour dit, avec sur les bras son plat de pommes de terre à la crème recouvert d'un papier d'aluminium.

On avait érigé une petite scène dont le fond était un écran. Le buffet croulait sous les entrées, les plats chauds et les desserts. Les deux renardes s'étaient imposées comme disc-jockeys et poussaient la musique à fond. Quelques tables étaient dressées, auxquelles plusieurs Ballardeaux s'étaient déjà installés. Jefferson fit un rapide tour de piste, salua les écureuils Perlier, les moutons Frérot, les blaireaux Hild et quelques autres, puis s'assit lui-même auprès de Simone qui lui avait « réservé la place » et qui ne lui laissa pas le choix. « Mon cher garde du corps », l'appela-t-elle encore affectueusement. Elle eut un petit sourire forcé quand Carole vint les rejoindre.

Une fois tout le monde arrivé, Gilbert s'empara du micro et se lança, trogne rayonnante, dans un discours plus ou moins maîtrisé. Il affirma qu'il venait de passer les plus beaux jours de sa vie, les plus passionnants.

On projeta ensuite les photos dont le chat Émile s'était chargé de faire un habile montage. La première montrait le départ au petit jour, le tout premier matin, alors que personne ne se connaissait encore. On y voyait Roland entasser les bagages dans la soute du car Ballardeau.

– J'me doutais pas de ce que j'allais y mettre au retour, dans mon coffre ! lança-t-il.

Il y eut ensuite de très belles vues de la campagne, puis de Villebourg, avec ses vieilles rues, son canal, ses ponts, sa cathédrale, mais les photos qui remportèrent le plus de succès, et de loin, furent celles où ils apparaissaient, eux, les Ballardeaux !

On rit aux éclats en voyant Mme Frérot, les yeux écarquillés devant le buffet du petit déjeuner ; Roland faisant la sieste à son volant, la casquette sur les yeux ; les deux renardes, le nez baissé sur leur téléphone portable pendant une visite culturelle ; le tuyau d'arrosage sur lequel Mme Schmitt s'était cassé la figure, au parc ; Simone posant à contrecœur devant la mercerie *Chez Simone* ; M. Hild surpris à jeter discrètement à la poubelle un macaron raté. Il y eut des applaudissements pour Roxane, la chevelure flamboyante et en pleine exaltation conférencière, devant la cathédrale. Il y eut de l'émotion avec les larmes du couple Perlier recevant de Clarisse leur cadeau d'anniversaire.

Mais tout cela n'était rien en comparaison de la dizaine de photos que le chat Émile avait réussi à prendre pendant l'assaut de l'appartement. Sur la première, on voyait Walter Schmitt se ruer sur la porte d'entrée, tel un boulet de canon.

– C'est là que je me pète l'épaule ! s'exclama-t-il en riant. C'est là que je me pète l'épaule !

On vit Clarisse, les bras levés devant la salle de bains et hurlant : « Ils sont là ! Ils sont là ! » ; on vit la chèvre et son mari se lancer tête en avant pour percuter Fox ; on vit Jefferson, le visage en sang, dans les bras du docteur Frérot ; on vit Roland tirer Mackie par les pieds dans l'ascenseur ; on vit encore Gilbert, accroché à son volant, le regard halluciné, au départ de Villebourg.

Le tout dernier cliché était très sombre. Il montrait Roland, se tenant sur une jambe à la grille de la gendarmerie, dans le silence de la nuit, et pressant la sonnette de son index.

On ralluma les lumières. Il y eut un silence pendant lequel tous avaient sans doute à l'esprit la même réflexion : *C'est nous qui avons fait ça ?* Oui, c'était eux qui avaient fait ça, ensemble.

Jefferson, très ému, se moucha discrètement. Il ignorait que le moment le plus renversant de la soirée lui restait à vivre. La poule Clarisse monta sur la scène et se saisit du micro.

– Bon, et maintenant, mon cher Jefferson, je vais vous faire, nous allons vous faire une petite surprise. Parce que cette fête, c'est surtout la vôtre, n'est-ce pas ? C'est pour célébrer votre innocence. Alors voilà, nous avons tenté quelque chose que nous a soufflé votre ami Gilbert. Un truc impossible. Mais les trucs impossibles, eh bien, parfois ça marche, nous avons pu le constater ! Alors voilà, accrochez-vous bien à votre chaise ! C'est pour vous.

On éteignit à nouveau les lumières et, cette fois, c'est un film qu'on projeta sur l'écran. On découvrit d'abord une forêt vue d'avion, une forêt d'un vert profond, dense, et traversée par la courbe paresseuse d'un grand fleuve. La forêt amazonienne, semblait-il. Puis on se trouvait à l'intérieur même de cette forêt et on avançait à pied à travers la végétation. On entendait le souffle du marcheur et les coups de machette qui lui ouvraient le passage. Enfin, on le voyait près d'un feu de camp, sur les berges du fleuve, le soir. Il était de profil, assis en tailleur, et il mangeait quelque chose qu'on distinguait mal. Pour le montrer, il se tourna vers l'objectif, souriant.

Chuck ! C'était Chuck !

Jefferson avait lu tout ce que son héros avait écrit, et en particulier le palpitant *Seul sur le fleuve*, mais il n'avait connaissance d'aucun film. Regarder Chuck bouger, marcher, l'entendre parler, respirer, le voir installer son campement, se laver, faire un petit signe avant de disparaître sous sa moustiquaire, bref, le voir en action et si formidablement vivant le bouleversa. Quelle belle idée Gilbert avait eue ! Rien ne pouvait lui faire davantage plaisir. Il ignora sa timidité, se leva et rejoignit Clarisse sur la scène.

– Oui, dit-il, pour que vous compreniez, je… enfin voilà, j'aime beaucoup lire et mon livre préféré, c'est *Seul sur le fleuve*, l'Orénoque c'est un fleuve en Amazonie, c'est celui que vous venez de voir. Et j'admire beaucoup cet aventurier, oui, il s'appelle Chuck et… oui, je ne savais pas que ce film existait, c'est… c'est extraordinaire.

Il se tourna vers Clarisse.

– Mais comment l'avez-vous eu ? Ce sont des images privées, non ?

– En effet, répondit Clarisse. Et nous l'avons eu parce que quelqu'un nous l'a apporté.

– Quelqu'un ? demanda Jefferson, et il ressentit comme des picotements dans ses mains, dans ses épaules.

– Oui, et cette personne, malgré son caractère bien trempé, est un peu comme vous, mon cher Jefferson : elle est modeste et timide. C'est pourquoi elle se tient depuis le début de la soirée tout au fond de la salle.

Mais nous pourrions lui demander de s'avancer, maintenant, peut-être ? Qu'en pensez-vous ?

Un grand jeune homme athlétique, un humain, traversa la salle à pas lents. Il était vêtu d'un simple jean et d'un t-shirt noir. Ses cheveux blonds lui tombaient sur les épaules. Il bondit sur la scène sans utiliser le petit escalier prévu pour cela et, en quelques secondes, il se trouva à côté de Jefferson. Il se pencha très bas pour embrasser Clarisse puis tendit la main à Jefferson qui lui tendit la sienne, la tête renversée en arrière pour le voir. La différence de taille et de gabarit était spectaculaire.

Chuck, puisque c'était lui, prit le micro des mains de Clarisse.

– Oui, en effet, ce sont des images que j'ai faites sur l'Orénoque, mais je ne les ai jamais publiées. C'est personnel. Bon, il faut que je vous raconte comment je me retrouve ici avec vous, ce soir. Il faut que je te le raconte, mon cher Jefferson, parce que tu as l'air un peu… comment dire… un peu étonné.

Cela fit rire tout le monde parce que Jefferson n'avait pas l'air étonné du tout. Il avait plutôt l'air éberlué, ahuri, estomaqué, aplati, démantibulé, moulu, électrocuté, sidéré, abasourdi. Chuck était pour lui un personnage de fiction et il était tout bonnement impossible qu'il se tienne là en chair et en os à côté de lui. Cela relevait du pur miracle.

– Quand Gilbert m'a appelé au téléphone, reprit Chuck, j'ai d'abord failli raccrocher tout de suite, mais je ne sais pas comment il s'y est pris, je l'ai écouté. Il est très fort, Gilbert ! Il a trouvé les mots. Il m'a d'abord rapporté ceux de Jefferson qui lui aurait dit : « Seul sur le fleuve est le meilleur livre que j'aie lu de toute ma vie. » Tu lui as vraiment dit ça, Jefferson ?

Jefferson approuva de la tête.

– Ça m'a touché, continua Chuck. Alors, je l'ai écouté me raconter toute ton histoire depuis le début. J'ai trouvé ça, comment dire… passionnant. J'ai trouvé que tu avais eu beaucoup de courage. Ça m'a bien fait rire, aussi. Bref, je me disais : *Il faut que je fasse quelque chose* et j'ai pensé t'envoyer un roman dédicacé. Et puis, Gilbert m'a expliqué pourquoi M. Edgar avait été assassiné, et là tout a basculé. Il m'a raconté sa nuit aux abattoirs. Je savais tout ça. On en parle, chez nous. Les images circulent sur le Net. Mais on se bouche les yeux et les oreilles, j'en ai bien peur. En tout cas, ça m'a travaillé tous ces derniers jours, et je me demande si je ne vais pas arrêter d'en manger, de la viande.

Les applaudissements l'interrompirent un instant.

– À propos de M. Edgar, je crains qu'il ne soit irremplaçable, mais je pourrais profiter de ma petite notoriété pour reprendre son combat et défendre la cause, chez nous, chez les humains. Je vais y penser sérieusement, je vous le promets. Bon, je ne veux pas gâcher davantage votre soirée, et puis ce n'est pas vous qu'il faut embêter avec ça, vous n'y êtes pour rien, après tout.

– Vous ne nous gâchez pas la soirée, intervint Clarisse, au contraire, grâce à vous elle restera inoubliable.

– Elle le sera aussi pour moi, dit Chuck. Figurez-vous que je suis allé huit fois en Amazonie et que je n'étais jamais venu ici, chez vous, à sept heures de route de Villebourg.

– Non, à quatorze, quand c'est Gilbert au volant ! lança Walter Schmitt du fond de la salle.

– Voilà, conclut Chuck, je suis très heureux d'être parmi vous ce soir et, à travers Jefferson, c'est vous tous que j'embrasse.

Là-dessus, il se pencha, saisit Jefferson par les épaules, le souleva à sa hauteur et l'embrassa sur les deux joues. Puis il le garda contre lui assez longtemps pour que les animaux puissent les applaudir et faire des photos.

Blotti contre la poitrine de Chuck, Jefferson sentait son cœur palpiter dans la sienne. C'était fou. Tout cela parce qu'un beau matin, il lui était venu l'idée d'aller se faire rafraîchir la houppette !

Comme il sortait de la salle des fêtes, vers minuit, saoulé d'émotions, il tomba sur Carole qui s'en allait aussi. Elle l'aborda.

– Vous partez, Jefferson ? Oui, parce que je me disais, enfin je me disais comme ça en moi-même, que peut-être… enfin, je veux dire… nous pourrions aller boire un dernier verre ensemble…

GUINGUETTE

Jean-Claude Mourlevat

L'auteur

Jean-Claude Mourlevat est né en 1952 à Ambert, en Auvergne. Il fait des études à Strasbourg, Toulouse, Bonn et Paris, et exerce pendant quelques années le métier de professeur d'allemand avant de devenir comédien et metteur en scène de théâtre. À partir de 1997, il se consacre à l'écriture. Tout d'abord des contes, puis son premier roman, *La Balafre*, publié en 1998. Depuis, les livres se succèdent avec bonheur, plébiscités par les lecteurs comme par la critique et récompensés par de nombreux prix littéraires.
Jean-Claude Mourlevat a deux enfants et réside avec sa famille près de Saint-Étienne.

Du même auteur chez Gallimard Jeunesse
L'Homme à l'oreille coupée et autres histoires
Jefferson
Silhouette
Le Garçon qui volait
Terrienne
Le Chagrin du roi mort
Le Combat d'hiver
La Troisième Vengeance de Robert Poutifard
La Ballade de Cornebique

Chez d'autres éditeurs

Mes amis devenus (Fleuve éditions)

Et je danse aussi, *coécrit avec Anne-Laure Bondoux* (Fleuve éditions)

Oh happy day, *coécrit avec Anne-Laure Bondoux* (Fleuve éditions)

Sophie Scholl : non à la lâcheté (Actes Sud junior)

La Rivière à l'envers (t. 1 et t. 2, Pocket Jeunesse)

L'Enfant Océan (Pocket Jeunesse)

A comme voleur (Pocket Jeunesse)

La Balafre (Pocket Jeunesse)

Je voudrais rentrer à la maison (Arléa)

Retrouvez Jean-Claude Mourlevat sur son site Internet : www.jcmourlevat.com

Découvrez d'autres livres
de **Jean-Claude Mourlevat**

---

dans la collection

FOLIO JUNIOR

LA BALLADE DE CORNEBIQUE

n° 1506

Si vous aimez les boucs, le banjo et les charlatans, les concours d'insultes et les petits loirs qui bâillent tout le temps, alors laissez-vous emporter dans la folle cavale de l'ami Cornebique.

L'HOMME À L'OREILLE COUPÉE
ET AUTRES HISTOIRES

n° 1889

« Il y avait dans un port de la Norvège un très vieil homme à qui manquait une oreille. "Comment l'as-tu perdue ?" lui demandait-on dans l'auberge où il venait s'enivrer chaque soir, et il répondait volontiers : "Oh, ça remonte à loin ! disait-il, j'étais encore un petit garçon..." » Et chaque soir, le vieux marin racontait une nouvelle histoire. Alors, comment le croire ?

Le papier de cet ouvrage est composé de fibres naturelles, renouvelables, recyclables et fabriquées à partir de bois provenant de forêts gérées durablement.

Mise en pages : Maryline Gatepaille

Loi n° 49-956 du 16 juillet 1949
sur les publications destinées à la jeunesse
ISBN : 978-2-07-515544-1
Numéro d'édition : 434925
Premier dépôt légal dans la même collection : février 2021
Dépôt légal : décembre 2021

Imprimé en Espagne par Novoprint (Barcelone)